La Sirène d'Isé

DU MÊME AUTEUR

CHEZ LE MÊME ÉDITEUR

Un rêve de glace, roman.

La Cène, roman.

Julien Gracq, la forme d'une vie, essai.

Oholiba des songes, roman.

Le Bleu du temps, roman.

La Condition magique, roman,
Grand Prix du roman de la SGDL.

L'Univers, roman.

Le Nouveau Magasin d'écriture, essai.

Le Nouveau Nouveau Magasin d'écriture, essai.

Palestine, roman,
Prix des cinq continents de la Francophonie ;
Prix Renaudot Poche.

Géométrie d'un rêve, roman.

Vent printanier, nouvelles.

Nouvelles du jour et de la nuit, nouvelles.

Opium Poppy, roman.

Le Peintre d'éventail, roman,
Prix Louis Guilloux ; Grand Prix SGDL
de littérature pour l'ensemble de l'œuvre.

Les Haïkus du peintre d'éventail.

Théorie de la vilaine petite fille, roman.

Corps désirable, roman.

Mā, roman.

Premières neiges sur Pondichéry, roman.

Casting sauvage, roman.

Un monstre et un chaos, roman.

HUBERT HADDAD

LA SIRÈNE D'ISÉ

Roman

ZULMA
18, rue du Dragon
Paris VIe

Couverture : David Pearson.

Si vous désirez en savoir davantage
sur Zulma ou sur *La Sirène d'Isé*
n'hésitez pas à nous écrire
ou à consulter notre site.
www.zulma.fr

Pour Clelia Baldo

AVERTISSEMENT

C'est une histoire véridique et pourtant fabuleuse, mais elle ne m'appartient pas, elle n'appartient à personne, pas même aux rares protagonistes encore de ce monde. En second rôle d'aucune étoile, je préfère ne pas dévoiler celui qui me fut assez distraitement imparti. On comprendra à demi-mot quelle exigence m'engage à relater cette histoire invraisemblable si dramatiquement avérée.

Peut-être ai-je créé les étoiles, le soleil et l'immense demeure, mais je ne m'en souviens plus.

JORGE LUIS BORGES
La Demeure d'Astérion

S'il vous pousse d'autres oreilles, c'est que l'arbre en vous veut entendre.

Proverbe ibo

PROLOGUE

On naît aveugle au milieu d'une fanfare : voix, cris, bruits d'organes et d'engins, rivières du vent, appels et chants d'oiseaux. Lui ne put rien entendre une fois délogé du ventre de sa mère, pas même un souffle. Sans doute devina-t-il le monde au chaud remuement qui soudain l'entourait, tout de poussées, de glissements et d'entraves, et à cette tiède haleine modulée en ondes légères sur son visage à peine déplissé des ténèbres. Le silence existe-t-il plus qu'un cri muet de sourd ? Ployée, les seins nus, la démente à l'enfant fredonnait à son oreille. Elle psalmodiait sans paroles une complainte du fond des âges. Mais Leeloo n'était pas si folle ; ses mouvements avaient une grâce nécessaire. Dans ses bras, le nouveau-né semblait inspirer ses gestes par secrète influence. Leeloo fredonnait et parfois des mots lui venaient incompréhensiblement :

De l'eau, donnez-moi de l'eau fraîche
La neige tombe seule dans les rues
La neige monte et descend l'escalier
Donnez-moi de l'eau fraîche pour chanter

Au petit matin, la sage-femme qui l'avait assistée dans la nuit revint d'un pas précipité à son chevet comme si elle avait craint le pire. La jeune mère dormait, la tête inclinée vers l'enfant que l'infirmière de service venait de replacer dans un minuscule lit de fer.

— C'est bien de le lui avoir laissé, dit l'accoucheuse en effleurant d'un doigt le montant du berceau. Mais il ne faudrait pas la perdre de vue.

— Il n'y a pas à s'inquiéter, répondit froidement l'infirmière.

Les deux femmes échangèrent un regard vide, bouches closes. L'une et l'autre devaient se demander par quel extraordinaire cette naissance avait pu s'accomplir.

À peine éveillée, Leeloo, le front moite, s'était écriée : « Du lait, donnez-moi du lait froid ! », comme si sa vie en dépendait. Bulles remontées d'abysses dans l'écume de l'aube, les images d'un rêve lui revinrent. Elle courait, les bras serrés contre sa gorge. Une lumière poussiéreuse filtrait d'un dédale de couloirs obscurs. Chaque porte s'écartait sur une silhouette menaçante qui n'était autre que la porte suivante. Il n'y a pas d'issue, toutes les portes franchies se referment derrière elle.

Après un coup d'œil sur la fenêtre et les deux personnes en blouse dressées au pied de son lit, Leeloo s'est tournée vers l'enfant dans un sursaut d'effroi. Le berceau de fer lui paraissait si éloigné, comme un esquif à la dérive. La jeune femme concentra toute son attention sur cette créature inconnue d'elle et de l'univers quelques heures plus tôt. D'où sortait cette petite chose d'une prodigieuse fragilité ? Existait-elle pour de vrai ? Un subterfuge lui parut soudain flagrant : on avait profité de son sommeil pour intervertir les poupées ; celle du rêve, bien à elle, à cette autre un peu rouge et fripée. Dans ce cas, comment échapperait-elle à son cauchemar ?

Mais le bébé bâilla et s'étira mollement dans ses langes. Leeloo crut deviner un sourire de porcelaine sous le bouton rose du nez. Subitement, il se mit à happer l'air et à grimacer. La sage-femme s'empressa.

— On dirait qu'il a faim, dit-elle.

Leeloo reçut le nourrisson avec une expression terrifiée. Elle ressentit une brûlure à la pointe du sein, comme si sa propre chair aspirait son sang. Ses larmes apitoyèrent les soignantes qui ne saisirent rien de sa douleur.

— Il ne faut pas s'affoler, dit l'une.

— Tout ira bien, dit l'autre.

Le docteur Riwald était puissant. Personne d'autre que lui ne voulait prendre soin de Leeloo. Pas même l'ombre sans nom qui l'eût plutôt maudite. On la ramènerait donc à l'institution des Descenderies. Le docteur avait tout arrangé. On ne lui retirerait pas l'enfant, il vivrait à l'abri avec elle, côté jardins, face à la mer, dans une annexe privée de l'immense édifice. Leeloo ne comprenait rien à son sort. Après la mort du père et de la mère coup sur coup, d'un excès d'amour ou de découragement, il y avait de cela un gouffre d'années, l'ombre sans nom et deux gendarmes l'avaient conduite un jour au bout des landes, à la pointe sud de la baie d'Umwelt, dans ce drôle de château face au vide.

I

Il y a maintes espèces d'établissements publics ou privés en charge des corps souffrants et des âmes affolées, éperdues, expirantes d'avoir tant espéré, mais la plupart de ces lieux de relégation, soumis aux pesanteurs administratives, n'assurent que l'ordinaire de leur fonction et cèdent à l'extraordinaire au gré des circonstances.

Édifié à la fin du XIXe siècle sur l'une des plus hautes falaises de la côte, en respect de la bande littorale inconstructible d'une centaine de mètres, le vaste complexe des Descenderies fut l'un des premiers hôpitaux maritimes destinés aux poitrinaires. La peste blanche frappait en priorité les plus démunis, les ouvriers et leurs enfants, mais aussi les plus exposés à la solitude morale et à la déréliction. On l'appelait atrocement « le mal des petites bonnes », mal qui n'épargnait guère les demoiselles bien nées confiées aux pensionnats et aux instituts religieux où la dureté de la règle entretenait les foyers d'infection. À l'origine dévolue aux jeunes filles phtisiques, la fondation des Descenderies perdit sa vocation première à la suite de la découverte de la pénicilline en 1928 et plus spécialement de la streptomycine peu avant le second conflit mondial. Dans l'après-guerre, à l'heure où l'on fermait les uns après les autres ce type d'établissements devenus inutiles, en bord de mer comme en montagne, un autre motif hâta la désaffectation du sanatorium des abords d'Umwelt : les vagues de suicides de résidentes transies de solitude, comme appelées par l'immédiate délivrance, à moins de cent mètres, entre abîme et lointain. Malgré les grilles en façade surélevées de pointes de lance, les jeunes pulmoniques parvenaient à contourner les obstacles dans l'exaltation de la fièvre. Cet usage du néant frappa durablement les imaginations et se perpétua en contes et en ragots longtemps après la fermeture de l'établissement. Recyclé deux décennies plus tard en « maison de repos », litote convenue pour rasséréner le voisinage, le domaine des Descenderies accueillit jusqu'à ces dernières années petites et grandes douleurs dans l'accointance des familles en quête de tranquillité. Certains lieux marqués par l'étrangeté du sort semblent lestés de fatalité et, d'un siècle à l'autre, comme pour y souscrire, connaissent d'analogues tragédies.

À l'époque pas si éloignée où l'on enfermait bien davantage pour troubles mentaux que pour actes délictueux, le docteur Riwald eut à répondre de maltraitances méthodiques envers les patients sous sa tutelle. Médecin chef et directeur en poste, il prônait en effet une méthode de soins paradoxale alors en vogue, consistant à provoquer un traumatisme prétendument libératoire qui, dans certaines circonstances, pouvait aboutir à un homicide caractérisé, quoique dans son principe involontaire. Faire frôler la mort à des malades souffrant d'asthénies, de phobies ou de délires en tous genres était censé occasionner un état de choc salutaire, une sorte de catharsis opératoire. Mais au troisième décès lié à ces traitements, les dénonciations anonymes s'accumulant, une enquête finit par être lancée et bien nonchalamment instruite. Prononcée l'année de la grande comète, la fermeture administrative de l'établissement pour infraction grave au code de la santé publique ne fut accompagnée d'aucune mesure confiscatoire. Les patients du docteur Riwald se virent dispersés dans les asiles des environs avec l'accord des familles, tandis que les membres du personnel exempts de poursuites allèrent trouver de l'embauche ailleurs.

Le processus d'érosion de la falaise, tributaire de la nature variable des tufs géologiques, s'étant considérablement accéléré, la société gérante dut en revanche assumer la maintenance du domaine désormais incessible pour cause de risque majeur. Modèle inaugural, l'architecture héliotropique du bâtiment aux vastes espaces intérieurs, aux fenêtres panoramiques, en ferait un site classé malgré l'avis d'expropriation lancé par le district communal. Ces décrets antinomiques résultant du conflit des compétences eurent pour résultat de bloquer avant longtemps toute ingérence publique ou privée.

Ainsi donc, hormis l'entretien et le gardiennage imputables aux parties contractuelles, rien n'affecta plus le domaine des Descenderies comme en suspens d'avenir. On changeait à l'occasion un carreau de fenêtre ou quelque faîtière brisée par les intempéries.

Recruté aux premiers jours de la mise en service de la clinique psychiatrique un quart de siècle plus tôt, le gardien du domaine resté à demeure après sa clôture accomplissait en automate ses rondes de factionnaire dans la vaste cour d'accès disposée en jardins à la française, entre le portail monumental à vantaux ajourés flanqué de portes piétonnes et la façade de briques blanches de l'immeuble, toute nervurée d'arabesques en stuc et rehaussée de mosaïques, avec ses cinq niveaux d'immenses baies donnant sur la mer. Lui-même logeait au rez-de-chaussée du pavillon de garde à l'angle des hautes grilles, au milieu d'une collection de poupées de mode articulées en faïence peinte héritée d'une sœur défunte.

Côté lande, à l'arrière du bâtiment, le parc enclos d'un muret de pierres sèches à sa création et plus tard surélevé d'une belle hauteur de briques avait été planté de résineux : ifs, pins à l'encens, cyprès, mélèzes, essences jadis censées traiter efficacement la phtisie en appoint à la cure d'air marin et de lumière. Du haut de l'escalier y menant, on eût dit un îlot forestier aux allures de bois sacré, assez vaste et conçu pour s'y perdre, avec, visible en son centre, un dôme biscornu de gloriette qui étincelait au soleil par-dessus l'épaisse canopée d'égale voussure, faîtages entrelacés et taillés en terrasse afin d'inhiber la poussée vers la lumière des arbres les plus vigoureux. Un mur d'enceinte bornait l'étendue boisée à quelques mètres d'écart, laissant ainsi courir une large allée de terre battue où quelques statues en buste engainées sur piédestal alternaient avec d'étroits bancs de fonte à usage purement ornemental.

Le docteur Riwald, clinicien avéré de la culture de l'hystérie, par ailleurs organiste liturgique bénévole à la paroisse Saint-Jude d'Umwelt et grand amateur de jardins dédaliques, s'était décidé à tirer parti de cette insolite plantation hygiénique qui, au fil des années, avait eu la patiente agilité de se ramifier et de s'épaissir au point d'en devenir impénétrable. Il y avait dans cette forteresse arbustive un défi d'espèce sauvage. L'idée de le relever ne lui vint pas d'emblée ; il s'était souvenu de sa passion des jardins secrets, enfant, quand seul le plaisir de s'égarer motivait ses fugues. Puis il avait longuement réfléchi au possible usage clinique de cette façon de cloître d'ombres ou de mangrove polaire, une fois agencé selon ses vœux. Il s'agissait en priorité de dompter cette jungle avec le concours d'ouvriers sylvicoles, ou plutôt d'en ordonner le secret, de concevoir un parc aux cent allées courbes, rectilignes et sinueuses là où régnait une sorte de chaos directionnel. Maître Willumsen, un arboriste forestier de l'arrière-pays, vieil homme passionné d'astronomie, fut engagé sur la foi du pasteur de Saint-Jude qui le disait capable de créer une cathédrale végétale à partir d'un bois maudit.

C'est ainsi que le docteur Riwald fit élaguer, essoucher, aligner, transplanter des années durant le peuplement anarchique du parc jusqu'à atteindre la forme la plus approchante de son utopie paysagère. L'œuvre accomplie, il lui vint à l'esprit de déplacer et de restaurer en son point nodal l'armature et les verrières d'un édicule à fonction de serre, structure baroque en forme de kiosque inspirée des radiolaires dessinés par Ernst Haeckel et jusque-là oubliée sous un manteau de lierre poussiéreux, dans un dégagement des jardins de façade. Fort d'un certain pragmatisme conjectural particulier à sa profession, l'aliéniste s'était convaincu d'ouvrir à certaines heures l'accès au parc muré à l'arrière de l'ancien sanatorium. Les quelques pensionnaires sélectionnés eurent ainsi tout loisir d'interroger leur propre égarement au gré du réseau de voies entrelacées. Au fil des années, le docteur Riwald perfectionna et mit plus largement en pratique sa méthode de traitement fondé sur l'état de choc psychologique ou « collapsus émotionnel ». La *récréation du labyrinthe* devint même un dispositif privilégié d'analyse comportementale, voire de thérapie.

Un matin d'automne, comme il arrivait aux Descenderies, une personne inconnue, convoyée par deux gendarmes, fut présentée à la direction pour une hospitalisation d'office. Le certificat médical adressé au docteur Riwald faisait mention d'un « péril imminent » nécessitant une phase d'observation initiale de soixante-douze heures. La jeune femme lui fut confiée sans le moindre élément d'état civil ou de reconnaissance interpersonnelle. Son étrange torpeur, laissant envisager un grave syndrome amnésique de type traumatique, limitait tout échange verbal à l'acquiescement ou la dénégation. Trois jours plus tard, personne n'en savait davantage sur l'identité de la nouvelle venue. Riwald s'était prodigieusement intéressé à son cas. L'intense distraction qui habitait la jeune femme n'éteignait pas son beau regard. Par instants, on croyait percevoir une sorte d'appel sans visage dans les profondeurs benthiques de ses pupilles. Cependant Leeloo – puisque l'expression la plus audible dans ses bredouillages fut sans autre motif adoptée pour désigner la jeune femme – partait à soliloquer éperdument entre deux silences de tombe ou bien fredonnait des comptines mystérieuses en fermant les paupières sur le reflet d'eau de ses iris.

Les mois passèrent, toute une année de mer grondante et de vitres embuées, sans que Leeloo trahît le moindre indice de réparation mnésique. Ses balbutiements et ses chants, rivière sans source, ne venaient de nulle part. Seulement attentive aux sonorités ou aux variations de la lumière, la jeune femme ne manifestait jamais un quelconque désir. Son calme inhumain, rien n'eût pu l'expliquer, hormis quelque emprise dérobée, comme l'haleine d'eaux profondes. Fasciné par la pure minéralité de son regard, le docteur Riwald n'avait pas renoncé à lui arracher son secret. Dès le premier jour, quand elle lui fut livrée à la suite d'on ne savait quelle ligue de fonctionnaires au service de la quiétude publique, son cas l'avait obnubilé. L'étiologie des troubles mentaux ne lui était à vrai dire d'aucun secours. Passé les soixante-douze heures, suite à l'examen clinique et à l'interrogatoire qui constituent l'essentiel du *recueil des signes*, il ordonna une procédure d'internement indéfinie sans hésiter une seconde à mettre en jeu sa réputation d'expert. Cette femme était d'une beauté folle et il voulait la garder.

Leeloo prit vite goût à la récréation du labyrinthe. Agile renarde, elle se dérobait sans mal à la vigilance de Sigrid, le chaperon poussif censé l'escorter dans l'enceinte du domaine aux heures de promenade. Ancienne infirmière déléguée auprès de la direction pour les tâches ordinaires, Sigrid avait fini par se rendre indispensable au point d'oblitérer ses droits à la retraite. La nécessité prévalant, le docteur Riwald s'était arrangé pour lui attribuer un logement de fonction à l'étage du pavillon de garde. Deux fois veuve et sans enfant, cette solide personne à l'aspect taciturne vouait une obéissance sans faille à son protecteur. Une sorte de discrétion propitiatoire faisait d'elle un tombeau. Détail saugrenu qui la caractérisait autant que son maintien d'auxiliaire, elle était prise à ses moments de désarroi d'un fou rire effrayant, comme un hennissement de cheval réformé conduit à l'abattoir. Imperturbable lors de récentes enquêtes visant la chute d'une patiente du haut de la falaise, des imputations de torture morale ou encore l'usage abusif de ce que l'on appelait naguère la sismothérapie, Sigrid réagit par cet accès panique d'hilarité où s'infiltrait une sorte de ravissement lorsqu'elle découvrit un matin la grossesse de la jeune femme erratique si prompte à tromper sa surveillance.

II

Un mal de ventre, comme une hernie – serait-ce plutôt l'appendicite ? Leeloo néglige ce qui l'affecte et s'étonne plutôt des phénomènes alentour. Depuis sa capture, le monde s'est vite réduit à la chambre de l'étage où une femme à l'ossature d'ours blanc la surveille, dans la maison du gardien Martellhus qui ronfle, en bas, avec un bruit de vieille ferraille. Parfois, la nuit, appelée par un cri de hulotte ou le grand souffle de la mer, elle entrouvre la fenêtre et se glisse le long d'une descente de gouttière. Rien ne bronche au domaine. Les pointes dorées des hautes grilles toujours closes à cette heure luisent parmi les étoiles. On aperçoit là-bas le gouffre de l'océan grâce aux épées croisées et décroisées des deux phares. Leeloo se tourne vers le palais des plaintes où sont les fous, ceux qui rient et ceux qui pleurent. Mais tous dorment la nuit par noir enchantement. Elle seule a compris qu'il ne faut pas ingurgiter le philtre. Ainsi peut-elle se promener en chemise sous la lune d'été, dans un manteau de brouillard à l'automne, et l'hiver enveloppée d'une blanche aura de spectre. Mais c'est le printemps, les lilas embaument et son ventre la rend malhabile. Elle a enfilé une robe de ville offerte par le docteur aux mains jaunes. Pieds nus, Leeloo descend les marches d'un étroit escalier de pierre et, butant sur la porte à claire-voie intermédiaire, se faufile par une fente embroussaillée le long du mur d'enceinte. La senteur exaltée des résineux allume en elle un feu. La forêt compliquée du parc, pliée et repliée avec ses fausses allées, est comme une clairière impossible. Leeloo pénètre dans le labyrinthe, sûre d'être sauve enfin. Dehors, partout où des mains d'homme se promènent, on l'épie cruellement. Sous les voûtes du dédale, elle connaît par cœur le jeu des échappées et la cartographie des disparitions. Leeloo s'en est instruite à l'insu de ses poursuivants, un peu comme le mendiant apprend l'arithmétique à force de pièces jaunes. Impasses et détours à la fin sèment les monstres. Il suffit d'avoir à l'esprit les vingt-sept issues immédiates, chacune bien connue, leçon apprise niaisement à la petite école des nombres, pour échapper à la bête à trous qui bave. Seule avec quelques hérissons, un chat gris, des chauves-souris chercheuses de poux, elle n'a plus peur parmi les ifs communs, les thuyas et les cyprès si près taillés. Les arbres blessés ont une odeur de statues malades. On sait bien pourquoi les enfants aiment se perdre. Mieux vaut l'égarement que les griffes du dedans. Leeloo ne se souvient plus des femmes. On s'est penché sur elle avec des sourires en ciseaux. Elle ne se souvient plus de l'homme à la bonté déchirée. L'a-t-il aimée ? L'a-t-il tuée ? Piétinant l'ombre mouvante qui la suit, elle chemine par les chemins, cueillant de-ci de-là une épine, un cône, une brindille. Rien de mal ne lui arrivera dans ce jardin aux chiffres dressés, aux distances tourmentées, tout en secrets aveugles et sourds. On trouve, au beau milieu, une drôle de maison de verre, luisante d'or et de diamants sous les étoiles ; et, certaines nuits, toute bourdonnante d'une kermesse invisible de lutins et de démons. Leeloo aime s'y réfugier et dormir longtemps sans personne, là, sur le banc de pierre, parmi les poteries et les fleurs inconnues, au pied d'une rude statue d'ancêtre. Une odeur de santal ou de vétiver émane de sa barbiche. C'est Ehru Ehru, le musicien de bois dur penché sur son drôle d'instrument au long cou d'aigrette. Leeloo aime les vieillards, les morts et les enfants. Elle dort en confiance dans la clarté changeante des faux aquariums qui tournoient au-dessus de la tête, dans les soutes de navire quelquefois, ou sous la mâture embaumée des forêts de mer. Leeloo ne sait plus pourquoi elle s'est enfuie, par quel hasard elle se trouve à errer loin des niches du souvenir, dans cette espèce de boqueteau emmuré. A-t-elle rêvé de son père et de sa mère, du vieux chat croqueur de nez froid ou de la petite sœurette disparue comme un souriceau au fond d'un puits ?

Dans la serre en forme de cristal de roche sous les reflets de lune, Leeloo sent qu'on cherche à loger en elle. Étonnée, elle palpe son ventre avec de petits cris. Est-ce un elfe ou un démon ? De nulle part résonne le rire tapageur de Sigrid. « Dans la vie, dit-elle, on avance plus par les mains que par les pieds. » Leeloo fredonne une chanson pour distraire sa frayeur.

C'est quoi la vie
Un filet d'or jeté sur l'eau
C'est quoi la mort
Un rond dans l'eau

Elle n'a jamais su d'où naissent les mots. Soudain, ils volettent autour d'elle, tout près de ses oreilles, comme pour boire à ses lèvres. Alors elle chante sans raison un air où il est question d'une petite sirène qui se noie dans un dé de santal, et des larmes lui viennent. La statue parfumée d'Erhu Erhu, le vieux sage au violon aigrette, s'anime on dirait ; son archet vibre sur deux cordes tandis qu'un vent obscur ulule sous la voûte scintillante. Que devenir, seule à jamais avec ce mal au ventre ? Les ombres de la forêt se penchent sur elle et chuchotent tout contre les vitrages. Il n'y a rien à redouter ; n'est-elle pas la fille du vent et de la mer ? Personne ne saurait enchaîner un courant d'air. Si elle avait des souvenirs, la mort viendrait murer sa chambre. Mais aucun visage ne se rappelle à elle.

La nuit se fait plus dense. Ehru scie à grands

coups d'archet le cou du héron. Serait-ce sa bouche de bois dur qui tonne au son de l'égoïne ? Il pleut. Un orage passe. Leeloo s'endort profondément ; comme au mascaret se mêlent les flux inverses du fleuve et de la mer, le cours somnolent de sa veille se perd dans l'amplitude d'un rêve.

III

La discrétion qui sied aux situations illicites finit par s'assimiler à la vie ordinaire. Certains purent un temps s'étonner de cette jeune mère et de son nouveau-né vivant dans la bâtisse annexe d'un asile d'aliénés. Sigrid, l'ancienne infirmière devenue assistante de direction, y jouissait d'un logement assez spacieux, au même titre que le gardien réglé comme un automate de pendule qui occupait le rez-de-chaussée. C'est avec une absolue et morne dévotion qu'elle avait accepté d'accueillir la protégée du psychiatre de retour de la maternité. Le statut juridique de l'hôpital, institution privée sous la surveillance d'un directoire que le docteur Riwald, praticien titulaire et scrupuleux actionnaire, tenait sous sa coupe, rendait peu probables les risques d'enquête interne. Homme d'ordre et de manies, Riwald inspirait une terreur respectueuse à ses comparses et subordonnés. Selon le principe du caractère irrécusable de la complication pour les esprits sommaires, il devait être clair et admis que la jeune folle sans nom ni identité transférée aux Descenderies pouvait logiquement être considérée comme une parente par alliance de Sigrid, et plus précisément la fille naturelle de son second mari, un patron de pêche disparu en mer. Tous les membres du directoire avaient assimilé la leçon, et les plus sceptiques gardaient précieusement le silence comme un maître-chanteur sa pièce à conviction.

Avec le temps qui sape falaises et mémoires, la suspicion des visiteurs occasionnels et les persiflages du personnel hospitalier s'estompèrent en vague rumeur. Devenue chargée de famille par aléa, l'assistante du docteur Riwald avait pris autorité sur le pavillon de garde. Même Martellhus, colossal robot secoué de tics, et son cerbère plus sulfureux qu'une hyène brune aux excréments de cendre, subissaient peu ou prou son ascendant. Au fil des démissions, des mises à pied et du renouvellement du personnel, le remugle de scandale qui n'avait cessé d'entourer la protégée du psychiatre s'était finalement dissous dans la distraction générale.

Calomnies et médisances impliquant un minimum d'équilibre psychique, les insensés tout à leurs hantises prennent rarement goût à ces basses ivresses. L'indiscrétion perverse en revanche exalte la névrose ordinaire, seul modèle admis de la santé mentale. Mais dès lors que la curiosité s'éteint, les querelles choient dans un consensus ennuyé. Ainsi l'oubli façonne les mœurs : Leeloo, jeune personne simplette, et Malgorne, son fils handicapé, auraient tout bonnement été recueillis par quelque grand-tante en retraite aménagée.

Les années sournoisement avalent les semaines et les mois – et les jours passent plus vite que les songes de la nuit. Sur les hautes falaises d'Umwelt, face à la respiration cosmique de l'océan, le temps n'était qu'un bloc de ténèbres sillonné d'éclairs. Sigrid avait découvert l'infirmité de l'enfant par hasard, un soir d'été, alors que Leeloo, qui venait de s'élancer sous l'averse depuis le seuil du pavillon, ovationnait les effets pyrotechniques d'un orage. Sigrid glapit en vain qu'il y avait péril tant la foudre chevauchait le domaine, la jeune mère, trempée, virevoltait au milieu d'un miroir éclaté de grêlons. Chose étrange, Malgorne alors âgé de deux ans ne réagissait pas aux pétarades qui accompagnaient les blafardes fracturations de lumière, juste au-dessus des Descenderies. Sigrid eut beau le maintenir des deux bras contre son giron, il parvint à s'échapper et rejoignit sa mère. La chemise de nuit collée sur sa nudité, Leeloo cabriolait au cœur du déluge. Les éclairs la coiffèrent un instant d'une houppe livide. Elle s'immobilisa face à l'enfant qui l'imitait, nageant presque sous la trombe. Une lueur de conscience ou la force de l'instinct tout à coup guidèrent ses gestes tandis qu'une boule de feu tournoyait au-dessus du domaine. En s'emparant de l'enfant, dégoulinante, elle parut l'arracher à des forces élémentaires. Avant de bondir vers l'étage, elle le jeta presque dans les bras d'une Sigrid plus furibonde qu'affolée. Celle-ci traîna Malgorne à la salle d'eau et, vigoureusement, le dévêtit et l'épongea. Une fois couché et endormi, elle le considéra avec intensité et, toujours à son effarement, le manipula comme un animal mort. Une grosse mouche rendue agressive qui voletait dans un vacarme d'élytres se posa sans qu'il cillât sur le front de Malgorne. Subitement, éclairée par trop d'indices, Sigrid prise de fou rire s'exclama d'une voix hoquetante :

— Mais il est complètement sourd ! Il n'entend rien, pas même une mouche !

Les jours qui suivirent attestèrent ce constat sans que la relation de l'enfant aux deux femmes changeât sensiblement. Incapable d'une attention maternelle soutenue, Leeloo en avait plus ou moins abandonné la garde à Sigrid, laquelle s'évertuait à lui prodiguer les soins nécessaires sans rien attendre, pas même une parole. La première, elle comprit qu'aucun mot articulé ne sortirait jamais de ses bredouillages guère plus inspirés qu'un gazouillis de nourrisson. Sigrid ne s'était pas inquiétée jusque-là, et Leeloo moins encore, de cette aphonie persistante. Malgorne n'imitait-il pas le langage d'oiseau de sa mère ? On raconte que le petit humain recueilli par une louve assimile son dialecte hurleur pour se faire entendre. L'amour aveugle des bêtes partage ténèbres et lumières. En lui confiant son petit, cette louve-là avait dû se fier à une sorte d'inspiration. Peut-être ne s'agissait-il que d'un simple retard ? Sigrid l'avait cru jusqu'à la nuit d'orage. Mais l'enfant était sourd, elle s'en avisait avec une appréhension croissante. L'idée d'en référer au docteur Riwald la travailla des semaines entières. On l'employait indûment à demeure. Elle était dépositaire du secret, gardienne du silence. Sa vraie et unique fonction consistait à veiller sur une folle abusée et sur Malgorne, son fils épargné par distraction ou faiblesse auquel elle s'était attachée à ses dépens. Autant s'affectionner à une maison en feu ou à un essaim de guêpes. Un cœur sec peut brûler comme un sarment. La surdité de l'enfant devait être tue. Si elle se décidait demain ou un autre jour à s'en confier, on le placerait illico dans une institution et puis on la congédierait. Quant à la pauvre Leeloo, elle irait sans doute rejoindre les fous oubliés des Descenderies.

Chacun configure sa propre ruine sur les vestiges qui l'entourent : ainsi tout est conforme. Le malheur au malheur s'apparie et le temps prend des allures de forteresse face à la ligne d'horizon. Il arriva que Leeloo s'approchât trop près du bord. C'était un soir lumineux du solstice d'été, le plus long à s'éteindre. Elle avait trouvé le moyen d'échapper au domaine. Il y a toujours une issue quelque part, même au fond du tombeau, même au ciel où les archanges font tournoyer leurs épées de lumière. Leeloo découvrit sous un amas de lierre grimpant, dans l'embasement de la muraille clôturant le labyrinthe, une porte basse bardée de ferrures et de clous. Épaisse comme un croc de chevillard et noircie par la corrosion, une clef était scellée dans la serrure depuis sans doute un siècle. Leeloo s'échina pour écarter le lierre et faire crier les pentures. Des paillettes de rouille volèrent et la porte, soudain désenclavée, s'ouvrit d'un coup sur la lande. Jamais recluse ne fut ainsi appelée par toutes les voix libres du large. Comme si les millions de vagues s'étaient assemblées en un chœur diluvien d'où montait, très pur et d'elle seule distinct, un chant d'immortalité qui devait lui restituer la parole perdue : *« Leeloo, Leeloo, Leeloo… »* Mais elle percevait mal la suite. Il fallait qu'elle s'approche plus près du bord, qu'elle suive l'ombre sans nom jusqu'à l'extrémité, dans la clarté d'or du couchant, là même où l'azur soulève l'océan.

On ne retrouva pas son corps au pied de la falaise. Les vagues de haute mer l'emportèrent sans doute encore vive au reflux. Longtemps les pêcheurs eurent un pincement au cœur en remontant leurs chaluts, mais ce n'était que chinchards, pieuvres et raies bouclées.

IV

Les fables et les légendes s'estompent dans les villes, faute de silence et de présences muettes ; elles disparaissent ou dépérissent comme les passereaux et les ormes. Les crédulités insondables qui servent de terreau aux naïves allégories ne sont jamais mieux ancrées qu'à l'écart des foules. On y trouve à discrétion de sombres ligues de veuves épiant les grimaces de l'au-delà, des vieillards aux yeux de poulpe dispensateurs de lubies ou de passes magnétiques, mainte épouse de pêcheur éperdument attentive aux augures du large et, certaines fois, imaginé par quelque brodeuse de destinées, un de ces couples d'adolescentes ou de très jeunes femmes rebutées par l'espèce rustique des mâles, chères amies de solitude tout enivrées de ces conteries qui de l'une à l'autre brasillent comme les feux de Saint-Elme entre deux mâts de goélette.

Visible par temps clair depuis la rade d'Umwelt, la clinique des Descenderies perchée sur la plus haute falaise était une source intarissable d'affabulations et de clabaudages. On échafaudait toutes sortes de romans au sujet du célèbre aliéniste, lequel avait hérité en mauvaise part de la réputation de l'ancienne gestion hospitalière, du temps du sanatorium. La thérapie psycho-traumatique riwaldienne, fondée sur une série graduée de chocs à fin d'abréaction, passait aux yeux du voisinage pour une de ces diableries de rebouteux ou de jeteur de sort, au mieux pour un prodige de manipulation mentale. La disparition d'une jeune internée trop belle eut aussi son heure de publicité pendant et après l'enquête judiciaire qu'un classement sans suite vint clore. Par un penchant naturel aux intrigues, on évoqua la violence homicide d'un aliéné, les erreurs manifestes de la science médicale ou encore le suicide, en souvenance des jeunes filles phtisiques d'avant-guerre ; avant de faire chorus sur un banal accident.

Dans cette disposition nerveuse à l'esprit de rumeur, personne ne parut prêter attention au sort de l'enfant sourd. À six ans, capable de déchiffrer mentalement une page et même de la recopier grâce aux leçons de Sigrid, Malgorne balbutiait toujours, sans paroles ni mots distincts, s'arrachant des sons gutturaux lorsqu'il tentait de se faire comprendre ou de s'entendre lui-même. Le plus souvent, il se réfugiait dans un silence que son intuition lui faisait deviner d'une autre nature que celui de Sigrid ou de l'habitant du rez-de-chaussée qui, bouche cousue, déambulait des heures d'un pas mécanique dans les allées des jardins. Son silence à lui était pareil au ciel immobile, au bloc gigantesque de la nuit, au visage perdu de Leeloo dans son sommeil de lune, à la neige, aux nuages. Il savait bien que l'océan ne pouvait se taire comme ces gens tournant en rond dans la cour fermée de leur crâne, ces gens aux yeux de feu ou de cendre qui se battaient contre des choses invisibles. La mer avait avalé Leeloo, mouette au bord de l'abîme. S'étouffant de rire, la face rouge, vingt fois Sigrid le lui avait expliqué avec des pantomimes à faire jaillir le sang. Il faut beaucoup de déplacements d'air pour donner à voir un pareil événement.

La voix des disparus existe-t-elle toujours ? Malgorne ne veut pas savoir si l'on distingue encore celle de Leeloo chez les entendants, ceux qui tendent l'oreille. Et comment l'aurait-il su ? Il y a dans la maison un miroir ovale où elle aimait se regarder. Comme on vole un portrait, Malgorne l'a emporté dans sa chambre minuscule. Souvent, il le prend en main et scrute ses mimiques. Le mot Leeloo se dessine alors sur son visage : *lee*, les lèvres qui s'étirent, on voit les dents du bas et un bout de langue, *loo*, les lèvres s'avancent en rond comme pour un baiser de cinéma. Les images disparaissent si vite, mais peut-être pas les voix. Malgorne se représente assez bien les petites méduses des bouches qui palpitent au fond des miroirs d'eau ou contre les vitrages des grandes fenêtres. Un peu comme l'averse d'été sur le dallage, cet éclat sans fin de clochettes de verre : n'est-ce pas cela le bruit de la pluie ? Lui ne pleure jamais afin de ne rien trahir.

Les larmes se brisent sur les joues et les mains comme ces clochettes de verre. À quel moment a-t-il compris qu'une chose du monde et de la vie lui manquerait sans fin ? On avait dérobé à ses oreilles ce qu'ils appellent le bruit, l'onde biscornue de tout ce qui s'agite. Que penser de cette espèce de douleur déformant la face des gens en train de se souffler au nez les uns les autres ? Il ne perçoit rien qu'une pulsation dans sa poitrine et les heures passent sans prévenir. Pareille au paratonnerre qui tient la foudre à distance, la pendule à coucou et balancier de Sigrid ne sert qu'à éloigner le temps de la maison. Le temps est sourd comme lui. Malgorne imagine un ciel sans nuages, effrayant comme d'immenses eaux au bout desquelles atteindre les rivages de l'autre monde. Leeloo nage-t-elle encore vers l'île ? Satisfaite d'en faire une leçon, Sigrid lui a raconté l'histoire de la mort avec des dessins au crayon et des gestes de sorcière. Ceux que la mer emporte vont sur l'île de la nuit, là où tout est silence. Et puis Sigrid s'est mise soudain à rire, sa grande bouche d'ombre articulant démesurément les mots : « Ta mère, la mort l'a prise, d'ailleurs ce n'est plus ta mère, c'est un cadavre, la mort ne te la rendra jamais. »

Des semaines s'écoulèrent sans que Malgorne voulût revoir le monde. Volets clos dans sa chambre étroite, la lampe allumée, il passait le plus clair de ses journées à chercher l'issue au silence. Ces bruits de langue devaient bien s'apprendre comme la nage indienne ou la lecture. Devant le miroir de Leeloo, le regard fixe, il se raconte sans fin des histoires de mots, espérant qu'à force de concentration ils traverseront le tain neigeux jusqu'au creux de ses oreilles. L'ennemi est le silence des autres. Comment un sourd comprendrait-il ce qu'ils veulent dire par là ? Le tigre rugit-il dans ses rayures ? La sonorité est pour lui un tel mystère, comme la mort à l'odeur de varech et la cruauté des adultes.

Un soir, Malgorne enterra une jeune pie tuée par un chat nonchalant. Le crépuscule était comme l'incendie d'une ville antique. Il se demanda si les nuages avaient une résonance selon leur forme et leur allure.

La veille des fêtes de Noël que le deuil institué par Sigrid proscrivait, un événement singulier vint remettre en cause le biais de statu quo laissant l'existence de l'enfant entre parenthèses : le docteur Riwald se présenta chez eux à l'étage, un paquet sous le bras. En le voyant, Sigrid poussa un cri inaudible mais elle ravala aussitôt son rire de gorgone et lui céda le passage. Son manteau ôté, l'homme pivota sur ses talons en quête d'une patère et, l'instant ralenti d'un pas de valse, ménagea sa surprise devant ce banal intérieur où rien ne filtrait de l'environnement asilaire. Tout de noir vêtu, en costume croisé passé de mode et nœud papillon s'échappant d'un col club amovible, on pouvait remarquer un léger déséquilibre et une certaine raideur dans son maintien, comme s'il souffrait de douleurs lombaires. Faussement décontracté, l'épaule droite secouée d'un haussement irrésistible, il ne cessait de redresser d'épaisses lunettes d'écaille sur l'arête de son nez. Sigrid, fort inquiète, se démenait en menus gestes d'accueil, approchant un fauteuil canné, retapant des coussins, proposant biscuits et boisson chaude.

— Ce n'est pas l'heure du thé, coupa le visiteur. Je viens pour le jeune garçon.

— Ah ! s'exclama Sigrid. Tu voudrais peut-être le voir ? Malgorne est dans sa chambre, je vais le chercher tout de suite…

— Non, restez ! dit-il, agacé par son tutoiement. Je ne connais pas la langue des signes ! Lui non plus, je crois…

— Mais si ! Enfin, nous nous comprenons, nous avons nos codes tous les deux, et je lui apprends à lire et à écrire…

Le docteur Riwald posa son paquet sur le plateau d'une commode encombrée de figurines de mariée et autres sujets en verre, avant de s'installer avec la plus grande prudence dans le siège de rotin. Il soupira.

— Pour l'état civil, Malgorne est maintenant orphelin. Et vous ne lui êtes en rien apparentée que je sache…

Le souffle court mais la voix assurée, l'aliéniste redressa ses lunettes et haussa convulsivement l'épaule droite avant d'énoncer son verdict. Grâce à son entregent dans les sphères de la juridiction administrative, il avait pu obtenir la tutelle de l'enfant, à charge pour lui de veiller à sa bonne éducation. On pouvait songer à quelque institution, mais rien n'interdisait le recours à un précepteur spécialisé. Avant toute chose, il fallait soumettre le fils de Leeloo à une batterie d'examens afin d'établir s'il s'agissait chez lui d'une affection de l'oreille moyenne ou interne, bref si l'on pouvait amender sa surdité par des moyens prothétiques ou chirurgicaux. En espérant qu'elle ne fût pas récessive…

— Génétique, si vous préférez, ajouta-t-il. Liée à une malformation incurable.

Le docteur Riwald jeta un coup d'œil à son poignet et se releva en se tenant les côtes.

— Et puis c'est Noël, vous donnerez mon paquet au gosse, c'est une montre toute simple comme la mienne, dit-il en balayant du regard la vieille Sigrid et les brimborions de strass encombrant les tablettes de l'étagère.

V

Lors de l'automne calamiteux qui suivit la disparition de Leeloo, on put constater une sensible déstabilisation de la zone littorale sans qu'il y eût encore de motif d'inquiétude. L'érosion du trait de côte, due à la nature du terrain et à l'impact d'une marée d'équinoxe à gros coefficient, passerait presque inaperçue, au même titre que la fonte des Pôles ou l'activité sismique liée à la dérive des continents. Des éboulements locaux parfois considérables finissent par s'équilibrer sur le front de mer, lequel enregistre un recul à peu près uniforme d'un an l'autre. Mais il arrive que l'interaction des phénomènes naturels produise une accélération inédite des effondrements sur une zone circonscrite. La vitesse d'érosion des falaises dépend de spécificités géologiques telles qu'une alternance précaire de blocs de grès et de strates calcaires que des poussées argileuses plus profondes ont tout loisir de saper pendant des millénaires, en collusion avec le siège immuable des marées. Jusqu'au jour où d'énormes poches de matériaux meubles crèvent soudain l'éponte et chutent en avalanche dans un vacarme amplifié de ressac.

La chose se produisit à l'endroit même où Leeloo avait dû perdre pied le dernier soir d'un mois de septembre aussi ensoleillé qu'étincelant d'étoiles. Les années passant, l'instabilité évolutive de la falaise ne fit plus de doute : par à-coups, sans jamais prévenir, il lui arrivait de reculer à l'allure d'un pas d'homme.

Le docteur Riwald ne fut pas long à envisager les conséquences. Les risques immédiats éludés, il conjecturait déjà une stratégie de sauvegarde à partir des avis souvent contradictoires des experts de terrain, voire des recours en haut lieu qui lui feraient gagner un répit compté en mètres de falaise, différant par des calculs maniaques le plausible arrêté de péril qu'un avis d'expulsion en bonne et due forme devait concrétiser à plus ou moins longue échéance. On respectait peureusement le gestionnaire de l'institution parmi ses pairs comme dans la société civile locale. Mais la crainte étant toujours fourrée de rancune, il ne manquait pas d'ennemis et de détracteurs ; en témoignaient ces lettres forcément anonymes de dénonciation, tant à sa hiérarchie qu'au procureur ou à la police.

Inscrits à l'inventaire des monuments et sites historiques et bénéficiant d'une ordonnance de conservation grâce aux démarches assidues du psychiatre, le domaine des Descenderies, bâtiment et dépendances, n'en risquait pas moins d'être l'objet d'une procédure. Elle n'adviendrait en fait que bien des années plus tard, après un troisième décès suspect et un nouvel éboulement massif de la falaise sur cinquante mètres de front et plus d'une vingtaine en distance bordière, rapprochant d'autant l'abîme des grilles du domaine.

En attendant cette catastrophe aussi aléatoire qu'une mort subite, le docteur Riwald peu sujet aux regrets et doléances n'avait de réel souci que pour sa création dédalique derrière le bel exemple d'architecture fin-de-siècle de l'ancien sanatorium. Le labyrinthe lui avait demandé des années de travail ; l'idée lui en était venue en découvrant ce prodigieux enchevêtrement de résineux ligaturé de lierre grimpant, de glycine rouge et de *Clematis cirrhosa* couleur de bronze dissimulé à l'abri du palace, dans un fortin de pierre conquis sur la lande. Il en avait conçu seul le plan après le repérage rigoureux des boisements dégagés par maître Willumsen. Établir à partir du seuil les divers obstacles au gré d'allées spiralées composites répondant à une triple équation de géométrie fractale aura été pour le docteur Riwald, grand joueur d'échecs, une véritable expérience intellectuelle, avec pour objectif jubilatoire la conception d'un piège d'apparence chaotique supposant la perte des repères de l'adversaire virtuel, à savoir n'importe quel visiteur de son dédale, en fonction du jeu tronqué des points de vue, des relations de distance et de proximité dans leurs égarantes similitudes.

L'œuvre accomplie grâce à la complicité des saisons et l'intelligence des sèves, le chantier vivant ayant enfin pris la physionomie de sa pensée, une lassitude s'était emparée du psychiatre écartelé entre des activités professionnelles exclusives et la forme de son désir.

Un de ses patients nommé Oswald, jeune schizophrène souffrant d'hallucinations sensorielles persistantes malgré une thérapeutique lourde, parvint un jour à s'évader des zones surveillées. Les hasards sont des étincelles qui allument ou non les pyrotechnies du destin. Ses cris d'épouvante au milieu de la nuit permirent de le localiser des heures plus tard du côté de l'ancien parc. Averti par le gardien du domaine, le psychiatre s'était empressé. L'entrée du labyrinthe était ordinairement close ; les malades sous contrôle n'avaient accès qu'au chemin de terre longeant le mur d'enceinte et qu'ornent les bustes d'Amphitrite et d'Océanides dressés sur piédestal. Personne d'ailleurs n'eût osé s'aventurer seul dans le savant dédale aux entêtantes senteurs de résine ; branchages et racines s'y tramaient aussi inextricablement que des chevaux de frise jusqu'à une hauteur de près de trois mètres, avant de se rabattre en voussures parfaitement jointées, laissant à peine filtrer une lueur de crépuscule en plein jour. Personne hormis Leeloo, initiée de longue date aux artifices de ce parcage dédaléen et qui, pour son malheur ou sa délivrance, avait découvert une nuit la double issue, du labyrinthe et du domaine.

Les hurlements s'éteignirent brusquement. Muni d'une torche électrique, le docteur Riwald n'eut aucun mal à retrouver Oswald dans la serre polyédrique, blotti et claquant des mâchoires au pied de l'imposante statue d'ancêtre taillée d'une pièce dans un tronc de cèdre. L'effroi mortel que le jeune homme venait de subir, l'architecte du méandre et néanmoins clinicien en connaissait précisément la nature. Quiconque s'affolait dans sa forteresse végétale orbiculaire avait toutes les chances d'y perdre pied avec l'irrépressible sensation d'être piégé dans une toile d'araignée non gluante, comme en tisse la tégénaire des caves, mais traversée de vibrations plus musicales qu'organiques à chaque heurt d'un cadre porteur ou d'une spirale sèche, tous reliés par divers moyeux et fils d'attache natifs. Le docteur Riwald avait étudié en détail la phobie des aranéides dans le cadre précis des pathologies psychiatriques et s'était enquis expérimentalement de l'effet induit par une mise en situation de proie, chez l'humain concerné. Son hypothèse étant que n'importe quel trauma infantile déclenchait une sorte de violence évacuatrice face à l'épouvante primitive de la dévoration mandibulaire. Il s'agissait alors de saisir au vol le patient en état de choc de sorte à l'arracher corps et âme à ses démons. Après nombre de sujets expérimentaux traités par l'hypnose, Oswald fut son premier cobaye *de terrain*. Sans doute guéri mais rendu plus fou encore d'une liberté qui n'avait pu échapper à ses forcements, Oswald trouva le moyen de s'introduire à nouveau dans le labyrinthe ; et pareillement confronté à l'arcane de la terreur, il parvint, lors d'une fuite éperdue, à la double issue, du dédale puis de l'enclos de pierre, porte basse sous son dais de lierre donnant sur la lande et l'océan. On retrouva quelques jours plus tard au pied de la falaise le corps du jeune homme estropié par un squale. La guérison est une consolation qui ne déjoue pas la mort.

V

Derrière l'épaule du plus bel ange palpite la nuit du cosmos. Tout est vibration pour qui n'entend rien ; une infinité d'invisibles fils de soie reliaient l'un à l'autre chaque détail du monde. L'enfant sourd des Descenderies allait devenir la proie rêvée de l'araignée.

Des professionnels en otologie, sommités du système auditif et des subtilités de la psycho-acoustique, l'avaient unanimement déclaré incurable, ni chirurgie ni implant cochléaire ne pouvaient dans son cas briser le mur du silence. À seize ans, après des années en internat spécialisé puis dans un centre de formation en horticulture pour jeunes handicapés où on lui avait enseigné les rudiments de l'art des jardins, mais aussi l'entretien des boisements, taille et bouturage, avec des abords théoriques sur la perspective et l'ordonnance des paysages, il avait réintégré le domaine sans trop savoir qui régissait son destin.

De retour, un soir d'été, le pavillon de garde lui avait paru minuscule en regard de l'immense façade aux fenêtres grillagées. Il n'eut pas à saluer Martellhus trop absorbé à sécuriser le portail. Sigrid l'accueillit comme s'ils s'étaient quittés la veille, avec une feinte nonchalance. Vieillie, dépassée, elle ne voulait rien modifier de ses habitudes. Pourquoi changerait-elle de comportement avec l'enfant prodigue, quand bien même un sort aurait doublé sa corpulence ? Au début, Malgorne s'amusa de l'égarement de cette mère de substitution toute rapetissée, amaigrie, qui voulait absolument nouer une serviette à son cou et tentait de lui faire ingurgiter cuiller après cuiller sa glorieuse purée de légumes au lard de baleine. Sa chambre était celle quittée, tout juste rangée et dépoussiérée, comme s'il rentrait de promenade. Quand une autre vie monte en vous, enfiévrée et farouche, les objets usuels prennent un visage inconnu ; rebuts de chimères et mues de dragons racornies l'entouraient. Pendant toutes ces années, dans la solitude glaçante des dortoirs, l'asile des Descenderies n'avait cessé d'inspirer ses pires tourments. Le dimanche, un prêtre annihilationiste en habit d'assistant funéraire s'évertuait à expliquer son idée de la damnation aux pensionnaires avec des gestes expressifs et des grimaces obscènes. Les élus vivront en Dieu. L'âme damnée disparaîtra dans l'oubli éternel. C'était bien cela : la mort sans la mort. Pas de châtiment sans fin, de gril chauffé à blanc et de plomb fondu dans la gorge. Le diable aurait donc charge d'un enfer terrestre. Il lui suffisait d'arbitrer les supplices en tous genres que s'infligeaient les hommes entre eux.

Dans l'esprit de Malgorne, la réclusion seule provoque les sanglots, les cris et rugissements ; l'asile est une section infernale où l'on rend fous ceux qu'on y enferme. Aucun salut, le néant miséricordieux délivre des formes du cauchemar. Lui n'entendait pas les cris. Prise d'hilarité, Sigrid allègue, en gesticulant de ses dix doigts démesurés, que les déments s'entrégorgent dès qu'on les délie, qu'ils se tranchent le nez et les oreilles à coups de dents, qu'ils se dévorent le crâne… Un petit serpent, comme une salamandre, tressautait convulsivement au creux de sa bouche béante. Par chance, il n'entendait pas son rire.

Depuis son retour au domaine, désœuvré, l'adolescent se demandait comment échapper à l'ennui relatif où on le confinait, songeant déjà à tromper l'attention des guetteurs et vigiles qui constituaient à son sens l'essentiel du personnel des Descenderies. À commencer par les habitants du pavillon. Supposée gouvernante au service de la direction, Sigrid l'espionnait jusque dans son sommeil. Le visage fermé comme une boîte de fer mais les clous des yeux en feu, Martellhus, l'homme-machine, fixait sur lui son attention dès qu'il traversait son champ visuel. À court de missions de bricolage, il pouvait patrouiller des heures devant les grilles du domaine. Aux beaux jours, la taille des rosiers et l'arrosage des plates-bandes de la cour de façade l'occupait considérablement au point de développer une certaine distraction qui lui donnait parfois un air presque humain. La tête cubique du gardien penchait alors sur le côté, tandis qu'un arc-en-ciel s'ébauchait à travers les gerbes d'eau qui fouettaient les parterres de fleurs et les haies de buis des jardins.

Un après-midi aveuglé de soleil, profitant de son hébétude, Malgorne s'était glissé le long du grand portail flanqué de portes piétonnes. L'une ou l'autre était peut-être ouverte. Alors qu'il testait la première poignée, une jeune fille à bicyclette apparut sur la route goudronnée, de l'autre côté de la grille de clôture. L'adolescent, tétanisé, en oublia la porte. Une lame de lumière trancha son regard et il dut se retenir des deux mains aux volutes de fer forgé. Une phrase lue et relue dans un livre, à l'internat, vint tordre ses lèvres muettes : « Et toi qui es ici, âme vivante, va-t'en loin de ceux-ci, qui sont tous morts. » Elle portait une robe incandescente serrée à la taille, flamme vive où le vent jouait, dénudant ses jambes jusqu'aux cuisses. Un bandeau serrait sa chevelure noire qu'il imagina lourde et ample comme le sommeil, *le haut sommeil rompu par un éclat de foudre*. Tout cela ne dura qu'un instant, quelques secondes. La cycliste lui avait jeté un regard étonné sans rompre sa course. À peine parvint-il à entrevoir les contours de son visage baigné de clarté, cependant il en fut bouleversé jusqu'aux entrailles. Au loin, par-delà l'ombre portée des falaises, la voile à corne d'un sloop glissait sur l'azur miroitant.

Cette oisiveté que la surdité unifie et rend contemplative face à l'enlacement des images – des choses inertes ou animées, des mille oiseaux, des vagues et des nuages –, toutes empreintes de ce profond silence qu'on voit dans les peintures, fut du jour au lendemain remise en question. Ce matin-là, on le fit appeler peu avant midi au bureau du directeur situé au dernier étage de l'établissement, à distance du vestibule et des services d'accueil. L'infirmier qui le conduisit, colosse en blouse blanche, semblait tout ignorer de son handicap. Sa bouche ne cessait de happer l'air à la manière des carpes ou des gens qui bavardent. Au fond d'un couloir, l'infirmier ouvrit une porte et lui céda le passage.

Malgorne fut très étonné de voir Sigrid en robe de ville, les mains jointes, debout à côté du personnage aux épaisses lunettes d'écaille assis derrière une vaste table couverte de dossiers et de livres. Il comprit sans mal que le docteur Riwald avait besoin d'une interprète. Les muscles faciaux de celui-là et les mains et bras de celle-ci se mirent très vite en phase active. Il ne lui restait plus qu'à prendre son rôle dans cette triangulation dont il était le tiers à jamais exclu.

Absorbée jusqu'à l'égarement, Sigrid rapportait comme elle pouvait, avec un langage gestuel élaboré pour lui seul et qu'aucun autre sourd n'eût sans doute compris, les propos laconiques du psychiatre.

— Monsieur le directeur te demande de bien saisir ses paroles. Te voilà devenu un grand gaillard, presque un homme, tu ne peux rester inactif au domaine...

Assez peu confiant dans les modalités d'interprétation et de transmission de Sigrid, le docteur Riwald s'appliquait à la plus parfaite transparence lexicale. Tout en parlant, il observait tour à tour les mimiques excessives de son ancienne collaboratrice et l'expression défensive, presque hostile, de Malgorne. Il remarqua d'un coup d'œil la montre à son poignet, identique à la sienne, ses habits trop courts, sa manière embarrassée mais vigoureuse d'être campé sur ses jambes, aussi cet air d'ingénuité ombrageuse qui saillait de toute sa personne.

— On va te trouver de l'embauche, dit-il, vaguement contrarié de ressentir malgré lui ce mélange d'attirance et de répulsion pour l'enfant de Leeloo.

Contrainte, Sigrid répercutait de son mieux les propos du directeur en s'efforçant à l'indifférence. Elle se doutait que sa présence était calculée, que le maître du domaine voulait pareillement lui faire entendre sa volonté.

— Regarde bien ce que le docteur te demande, dit-elle à l'adresse du sourd en appuyant les signes gestuels d'un répertoire de moues et de rictus. Tu vas travailler au domaine, tu ne t'occuperas pas des jardins de la cour d'entrée, le gardien s'y emploie, mais du parc de résineux derrière l'hôpital. L'arboriste en fonction a largement dépassé l'âge de la retraite, il t'apprendra les techniques de cordes pour grimper, l'usage de haubans en cas de tempête, tout ce qui concerne la taille. Mais aussi les mystères des étoiles et des nébuleuses. Bien d'autres choses encore. On te demande avant tout de bien entretenir les allées du parc, de n'y rien changer sans l'avis du directeur.

Détachant les syllabes exagérément, à la manière d'un chanteur lyrique, le docteur Riwald ne renonça pas à se faire comprendre, fort agacé par la pantomime peu probante de Sigrid.

— Un labyrinthe, mon garçon, c'est comme une œuvre d'art, on peut le restaurer à l'identique, mais surtout on n'ajoute ni on n'ôte rien ! D'ici un an ou deux peut-être, M. Willumsen nous quittera. Tu en sauras alors bien assez et c'est toi qui auras la responsabilité du parc avec l'aide de son assistant…

Il se tut, laissant Sigrid achever ses mimiques, et considéra l'adolescent avec une curiosité amusée ; alors qu'il parlait, pas une fois Malgorne n'avait tourné la tête vers lui, seulement attentif à l'espèce de grande marotte qui s'agitait ridiculement à ses côtés. Derrière son bureau, il se demandait quelle serait la meilleure thérapie pour réduire les altérations du développement psychique fatalement associées à son infirmité. La surdité accroît parfois jusqu'à l'autisme les symptômes de ce qu'on appelle assez étourdiment les troubles de la communication. L'idée de mettre l'adolescent à l'épreuve de sa *récréation du labyrinthe* provoqua en lui une sorte d'enthousiasme astringent. Outre l'intérêt d'expérimenter sur un sourd ce traitement novateur, n'était-ce pas son devoir d'initier le jeune homme au principe d'affolement, voire de peur panique, qu'induisaient les artifices calculés du dédale ? Avec son handicap, plus d'équivoques sonores, de distractions adventices : le silence en pure concordance avec l'espace mathématique conçu pour la divagation et l'échec, comme au jeu des rois.

Malgorne qui observait de biais l'orateur par coups d'œil imperceptibles acquiesçait à tout ce qu'on attendait de lui. Du temps de son internat au Relais handicap d'une école forestière, travailler dans les vergers et les bois avec d'autres sourds, la plupart muets, ne lui avait pas déplu. Il s'était épanoui à la fréquentation des arbres, tous ont leur vie à eux – solennelle et vulnérable, d'une lenteur inspirée, si impassiblement attentive aux secrets du ciel et de la terre. Pourquoi ne pas reprendre le chemin des futaies ? À l'abri du bâtiment principal dressé comme un barrage face à l'appel du vide, le labyrinthe était pour lui le seul vrai mystère du domaine des fous. Insensible aux déchaînements tempétueux des sources de l'ombre comme aux coups de canon ébranlant certaines nuits la falaise, Malgorne aimait arpenter en catimini le chemin de terre entre le haut mur et la puissante intrication de branchages, fasciné par les bustes des Océanides au regard vide et qui, de loin en loin, dérobaient un secret bouleversant. Pourquoi craindrait-il de s'engager dans le bois défendu où l'on se perd ? N'était-il pas perdu depuis toujours au milieu des miroirs aux alouettes du silence, fourvoyé, sans repères, à chercher la forme du mystère pour y faire remonter les images, les merveilleuses images des choses noyées ?

VII

Il se trouva par coïncidence que maître Willumsen, le vieil arboriste au service du domaine, perdit son assistant quelques jours plus tard, un jeune ouvrier forestier naguère interné aux Descenderies pour une forme aiguë d'hébéphrénie et qui s'était montré plein de sérieux et de professionnalisme une fois blanchi de tout symptôme. De fait, cette nouvelle victime des caprices de la falaise ne suscita aucune enquête approfondie une fois sa disparition déclarée. Un drame d'une autre teneur, le meurtre atroce d'une jeune fille connue pour son indépendance et sa liberté d'esprit, à proximité de la rade d'Umwelt, dans un des nombreux hangars dédiés au commerce du bois d'œuvre et à l'industrie de la pêche, mobilisait au même moment les officiers et agents de la police judiciaire du district. Le cadavre dénudé et sanglant fut découvert un matin par une bande de gamins qu'un tout jeune adolescent connu pour ses frasques venait d'enrôler dans un jeu de piste. Inspiré des chasses à courre du temps passé, le *rallye-paper* consiste à poursuivre un « lièvre » désigné à la courte paille, ce dernier semant dans sa fuite des bouts de papier de diverses couleurs que les chasseurs doivent repérer afin d'assurer leur traque, laquelle s'achève ordinairement par un hallali symbolique. Aucun des gamins n'était apparenté à la victime, à l'exception de l'aîné, un vague cousin, qui, à sa décharge, fut le dernier à découvrir le corps. Leur âge aurait dû les disculper d'emblée ; mais le juge d'instruction qui les interrogea tour à tour eut longtemps des doutes effroyables.

C'est tout naturellement que maître Willumsen prit sous sa coupe le jeune homme sourd, désormais son nouvel assistant arboriste. Il lui fallut avant toute chose l'initier aux dangers particuliers, d'ordre à la fois mentaux et somatiques, de ce faux bois d'une mélancolie sans nom où s'embusquait une sorte de piège constricteur à la mouvance de python ou d'anaconda. Comme dans les lises du jusant ou après une pesante et longue chute de neige, le labyrinthe avait la faculté d'envaser, ou plutôt d'engloutir, lors d'une ankylose terrifiante évoquant la paralysie du sommeil, toutes les facultés mentales de l'impétrant aventureux. Sans recours à la parole, maître Willumsen mimait les bons gestes en parcourant les allées et put remarquer avec surprise que la surdité de son apprenti était au contraire propice à sa formation : soustrait à cette distraction inquiète de chaque instant envers une foule invasive de bruissements plus ou moins hostiles, rien ne semblait l'affecter, aucune frayeur particulière ne modifiait son comportement. Il songea à la fable des sirènes. Leurs oreilles scellées de cire, les compagnons d'Ulysse purent échapper au chant des naufrageuses et ainsi caboter toutes voiles dehors. Mais on ne trouvait à sa connaissance ni serpent crépusculaire, ni vierge à gros mamelons et pattes d'oiseau dans les sombres lacis de ce palais végétal. L'impression d'être pris dans une souricière envahissait graduellement quiconque, chemin faisant, s'abandonnait à cette rêverie un peu somnolente qui s'attache à certains sites, sombres mers d'arbres des ubacs, catacombes naturelles ou souterrains annulaires où l'on s'enfonce sans que rien n'advienne hormis l'effroi de n'en jamais sortir.

Contre toute attente, Malgorne montrait une humeur égale, fût-ce à distance, lorsqu'il devait remonter de front l'écheveau redoutable. Il paraissait même radieux et comme délivré. L'insidieux dispositif ne se refermait pas sur lui. Il lui fallut néanmoins des semaines pour ne plus se fourvoyer aux heures où son guide lui laissait le choix du circuit. Tous deux partaient en équipée, munis d'outils de taille, sécateurs, haches, échenilloir sur perche ; il arrivait qu'un amas épineux entravât leur progression ou que, encagé on ne sait comment sous l'entrelacement de branches et de ramures, un oiseau de mer affolé se jetât violemment sur eux.

Il y a des qualités de silence, serait-ce pour un

sourd. Malgorne appréciait un calme tellurique monté des profondeurs de la falaise qui pourtant se fissurait et vacillait au-delà des grilles du domaine. Brisant un jour entre ses doigts un fragment de calcaire avec lequel il avait marqué les troncs d'ifs, seuls non-résineux d'une haie mêlant divers conifères, le vieil arboriste l'avait instruit avec un émerveillement sincère des millions d'années de vie antérieure contenue dans cette craie : squelettes calciques de micro-organismes, rostres de bélemnites, coquilles d'oursins, empreintes d'ammonites et autres débris fossiles. Sous leurs pieds, la falaise était la plus compacte nécropole imaginable d'où les carriers de tout temps tirèrent le matériau des remparts, des palais et des temples. S'il avait su formuler sa stupeur, Malgorne eût pu lui demander avec le plus grand sérieux si l'univers entier ne serait pas le fossile d'un os de l'oreille de Dieu. Mais la folle teneur du questionnement qui emplissait cette tête solitaire demeurait imprononçable, définitivement compactée, comme ces milliers d'espèces marines aux prodiges de symétrie maintenant pétrifiées dans un bout de craie. Il ne savait que sourire au vieillard assez habile pour élaborer entre eux les signes d'une compréhension muette : c'était là sa manière d'acquiescer. On pourrait inventer tout un langage rien qu'en souriant.

Maître Willumsen ne se privait pas de discourir en sa présence, comme avec un chat ou un étranger. Il racontait sa vie sachant qu'aucune audience n'interférait. « Comprends-tu, mon gars, j'ai navigué sur toutes les mers pour mieux contempler les nuits étoilées, avant de m'intéresser aux arbres. Autrefois il y avait des forêts de mâts sur les mers. Enfant, j'ai appris par cœur la carte du ciel, je grimpais aux branches pour me rapprocher des étoiles. Mon père était oiseleur, il piégeait la grive à la glu et chassait les oiseaux de nuit au flambeau… »

Malgorne apprenait de lui les gestes utiles, certains repères liés aux agencements des espèces arbustives, l'art de compter ses pas à l'aide d'une boussole, le maniement des harnais pour ajuster les arceaux. Au centre, les murs végétaux décrochaient, ouvrant leurs voussures à une étroite clairière où la serre miroitait au soleil. Ses feux changeant au fil des heures évoquaient la tête d'un phare englouti. Plus souvent éteint aux saisons basses, l'édicule servait d'abri quand les convois de nuages s'effondraient en averses. L'eau ruisselait alors sur toutes les facettes du pavillon de verre et brouillait longtemps la vue. Assis sur un sac de terreau, parmi les poteries, Malgorne ne quittait pas des yeux la statue de cèdre, sorte de barde aux traits asiatiques rivé par deux cordes de bronze à son instrument de silence. Tandis que son esprit s'égarait dans un songe, maître Willumsen, sur le banc de pierre, semblait lui narrer le destin de la solennelle effigie sculptée d'un seul tenant dans un mât de navire santalier que des naufrageurs autrefois mirent en pièce entre les récifs d'une île basse du pays – mais bien trop épuisé, il somnolait tout comme son assistant, à écouter les ruissellements qui se modulaient le long des vitres et des gouttières de cuivre, pure rêverie sonore animant le curieux instrument de musique à l'aspect de héron entre deux mains de vieux bois brunies par l'océan.

XIII

Sous la tutelle du docteur Riwald et dans la discrétion sournoise de Sigrid, l'adolescent en passe d'atteindre sa majorité voulut rompre avec un statut ambigu oscillant entre l'état d'interné non déclaré et celui de manœuvre chichement appointé. Il profita d'une des rares fins de semaine ouvertes aux familles et réglementées par l'homme-machine pour s'échapper tranquillement du domaine par l'une des deux portes piétonnes demeurée accessible sous l'aile du grand portail.

Face au domaine, lointainement, sous les miroirs courbes du ciel, tout en tous lieux s'amasse et se creuse, tournoie et se bouscule : l'océan bleu nuit parcouru d'orages de lumière se rappelle soudainement à lui comme mille et mille sombres dos d'orques ou de squales bondissant entre les éruptions d'écume.

Malgorne s'élance à perdre haleine par les sentes bordées d'ajoncs. Il ne prête guère attention aux zones de recul de la falaise à hauteur des Descenderies et poursuit sa course le long des sentiers côtiers. La lande abrasée par les intempéries reprend sève avec les beaux jours. Sur l'épais tapis des mousses crevé de terriers de lapins, au milieu de la bruyère cendrée et des longs épis violets des molinies, les genêts, azalées, callunes et autres ligneux nains dressent leurs dards fleuris. Cette douce brusquerie des couleurs est-elle pareille à ce qu'on dit du chant varié des oiseaux ? Il en voit rasant les marnes ou s'égosillant, très haut, par-dessus les calmes étendues vallonnées que la muraille d'effondrement rompt abruptement et qui se déroule et disparaît comme une draperie de pierre au fond des bleuïtés. En regard des pâtis et des friches où vaquent les troupes éparses d'ovins, cette trouée d'abîme mettant à nu les millénaires suggère confusément, à une échelle inconnue, l'imminence de la destruction. Sans hâte une fois gagnée la route littorale et frissonnant d'une joie secrète, Malgorne ôte sa veste de bûcheron ; comme pénétré de résonances et d'échos indécidables, il reçoit de plein fouet l'éblouissement du jour et la puissante haleine du large. Cette mouvance ressentie à fleur d'épiderme, toute cette fraîcheur et ce frémissement alentour, l'enivrent d'un vif sentiment de liberté, comme s'il devait se perdre dans l'enlacement illimité des éléments, lui-même pareil au vol épanoui des mouettes au gré des vents et, pure laitance là-bas, aux coruscantes déchirures des vagues dans l'air saturé de clarté.

En tricot, sa veste de grosse toile matelassée sur l'épaule, il se demande quelle serait sa vie dans les mystérieux lendemains du silence. Quelles attentes se succéderaient en pure perte si rien ne survenait pour lui du monde ignoré, celui des espaces reflétés au creux des tympans et des visages que les paroles modèlent. Dans les rares livres à sa disposition, il avait pu se représenter les voix, la musique et les bruits, la mer de sonorités berçant les instants, un peu comme les choses visibles et leurs réverbérations dans sa réalité dépossédée. L'absence lui manque si cruellement – que disent les pluies, les girouettes, les peupliers d'argent, les clarines au cou des béliers et, peut-être, la lumière que ceux qui entendent ne savent plus distinguer ? Les sonorités ne seraient-elles pas l'étoffe insaisissable du temps ?

Au détour de la route déserte, une bifurcation mène en pente douce vers la grève, Malgorne s'y engage pensivement, avec pour seul attrait l'ouverture des horizons. À main gauche, sur une éminence rocheuse, la tour blanche d'un sémaphore miroite au niveau de la chambre de veille. Plus à droite, dans l'entrebâillure du contrefort côtier et des campagnes boisées, la ville d'Umwelt s'enfonce en pointe vers les hangars des docks au-delà desquels se profile le chantier des structures portuaires. Mais il faut contourner un dernier épaulement de falaise pour retrouver l'invasion océane de part et d'autre de l'îlot rocheux de l'Estrande que domine la construction ruinée d'un ancien phare. Des nuées de mouettes gravitent au-dessus d'une rampe schisteuse cyclopéenne, squelette d'un abrupt démantelé par l'érosion où fut taillé l'escalier menant au rivage. Malgorne à mi-parcours aperçoit une masse sombre sur le sable détrempé du jusant. Des silhouettes s'activent autour. Sans doute quelque cétacé échoué, une jeune orque ou un dauphin... Plus forte que ses appréhensions de fugitif, la curiosité le pousse à s'approcher. Il a remis sa veste par pudeur de sourd : nul recours aux discrétions de langue, tout pour lui s'expose de manière indéchiffrable. Le silence s'enfonce comme un bâillon à l'intérieur du crâne. Il marche dans la lumière coite, sachant que les autres tendent l'oreille pour mieux voir, les autres scrutent insolemment les sonorités inconnues, peut-être monstrueuses, qu'on lui dérobe et qu'il exhibe à son insu, comme dans les rêves de nudité.

Cependant, à vingt mètres de la créature, nul ne lui prête attention. Deux photographes en chaussures de ville ne cessent d'aller et venir ; ils se penchent, s'accroupissent, bondissent par-dessus les flaques, multipliant les clichés dans une sorte de danse de capture, tandis qu'un groupe d'individus portant bottes et gants de caoutchouc et maniant divers appareils et outils de mesure, se concertent, en proie à un mélange d'effarement et d'exaltation, sans quitter des yeux l'étrange morphologie du spécimen. Le plus remuant désigne du bout d'une baguette d'aluminium les deux pattes atrophiées, la peau épaisse et ravinée, bleutée, presque noire, parsemée de taches livides, la nageoire caudale à demi immergée qui bat la mesure d'un cœur à l'agonie.

Gardant ses distances, Malgorne ne peut détacher les yeux de cette grosse tête triste au museau tombant. À ce moment précis, une délicate senteur florale, jasmin ou tilleul, précède le glissement d'une ombre mauve sur le sable. Il se tourne vers l'image d'une jeune fille à la chevelure brassée par le vent. Surgie dans l'irréalité du silence, elle s'est immobilisée à quelques pas et considère l'échouage du monstre marin intensément, sans montrer trop d'effroi, plutôt cette stupeur affligée devant un drame accompli. À la dérobée, par brefs regards obliques, Malgorne subjugué capte des instantanés de ce profil d'une beauté insigne. Le buste de trois quarts, ses boucles noires aux reflets cuivrés fouettant ses épaules et découvrant la nacre d'une oreille d'enfant entre deux envolées, la nouvelle venue observe la scène en spectatrice maintenant consentante. L'océan sur ces côtes se montre prodigue en épisodes mémorables. Soudain, mais posément, elle se campe face au garçon en veste d'ouvrier, d'aspect farouche, dont les marques craintives d'intérêt ne lui ont guère échappé. On s'habitue vite à voir sans regarder, mais Peirdre abhorre les petites simagrées des convenances.

— Salut ! lance-t-elle, les yeux cette fois bien ancrés dans ceux d'un vert abyssal du jeune homme. C'est quoi, au juste, cet animal ? Tout de même pas une vache de mer, je veux dire un lamantin…

Devant le mutisme de son vis-à-vis, son air d'incompréhension proche de la panique, elle sourit et hausse imperceptiblement les épaules. Malgorne au comble de l'embarras s'efforce de cacher son incapacité en articulant comme on a pu lui apprendre des mots de courtoisie dans une sorte de râle.

— Bon-jour-ma-de-moi-selle, je-com-prends-mal-votre-langue, je-vous-re-mer-cie-bien, re-mercie-bien, mer-ci…

Aussitôt au fait de la situation, Peirdre est saisie d'un sursaut de compassion et plus encore d'une envie de rire qu'elle jugule en concentrant toute son attention sur le groupe d'individus bottés et gantés, sans doute des océanographes. Plusieurs d'entre eux viennent de déployer des courroies à brassières afin d'en harnacher la créature. Profitant de la marée montante, la petite troupe s'emploie maintenant à la renflouer avec d'infinies précautions.

Leur mission accomplie, les deux photographes se désintéressent de la scène avec une désinvolture appuyée. Appareils en bandoulière, ils remontent la plage vers la route riveraine en plaisantant sans conviction.

— Ce mammifère aquatique disparu depuis un siècle, tu y crois, toi ? fait mine de s'étonner l'un.

— Une rhytine qu'ils ont dit, précise l'autre.

— Ouais ! Un croisement de sirène et de cachalot…

IX

Barricadé dans ses bureaux, le directeur des Descenderies brassait fébrilement des dossiers afin d'organiser sa défense. N'était-il pas abusif d'imputer aux cliniciens d'un établissement accueillant une proportion significative de grands dépressifs la fréquence relativement plus élevée des accidents de corps ? On ne guérit pas si aisément un psychopathe suicidaire par une cure de sommeil ou des électrochocs. Le docteur Riwald réfléchissait à l'efficience parfois contrariée de sa thérapeutique quand, par coïncidence, la chaîne musicale allumée en fond sonore diffusa un morceau bien connu pour orgue et orchestre : le *Petit Labyrinthe harmonique* attribué à Jean-Sébastien Bach. D'inspiration baroque, en référence à l'art des jardins d'égarement, la pièce en trois parties – *introitus, centrum, exitus* – lui avait servi de modèle mathématique pour l'agencement du dédale, après en avoir longuement étudié la morphologie sur le grand orgue de l'église d'Umwelt. Distrait, il leva le front vers ses fenêtres saturées d'une sourde clarté. Des stalactites luisaient sous le garde-fou grillagé de l'étage supérieur.

À l'issue d'un nouvel été de fortes chaleurs où alternèrent grand soleil et orages, suivi d'une languissante arrière-saison au climat de mousson qui persista tout l'automne, un hiver polaire avait transformé la falaise en banquise, comme si la vague de froid devait compenser en intensité son retard insolite. D'impressionnantes concrétions glaciaires se dressaient sur les récifs et les îlots en archipel, figures spectrales nourries d'embruns et de grésil qui surgissaient d'entre les brumes nocturnes et croissaient diversement avant d'être renversées par les vagues. Forteresse de granit bastionnée de brisants en contregarde, face à la grève, l'île de l'Estrande que le reflux reliait par un cordon lagunaire au rivage s'était vue rehaussée d'un dôme de glace et de neige où perchaient, au gré des marées, Fous de Bassan, albatros et goélands argentés à l'affût des chalutiers de retour de pêche semant en poupe des entrailles de merluche ou de bonite.

Durant ces périodes confinées, les congères à l'aspect de sarcophages ou de chimères rendaient la lande et ses routes et chemins à peu près impraticables, isolant davantage le domaine des Descenderies. Les visites se raréfiaient sans étonner personne et le docteur Riwald moins encore. Un institut de santé mentale à l'écart du monde a pour mérite une relégation tactique des patients, lesquels en éprouvaient rancœur et animosité sans autres préjudices. Aliénés ou pas, quand on contrevenait aux règles d'urbanité, les Edmond Dantès eux-mêmes étaient traités ici au cocktail lytique, à l'injection à effet retard, voire au patch morphinique. Moins radicale et plus insidieuse, la vague de froid avait l'avantage d'engourdir les cerveaux et les cœurs. Cet ersatz d'hibernation évitait bien du tracas au personnel, ce qui lui permettait de prendre un peu de distance avec un quotidien lunaire d'une irrémissible cruauté.

C'est dans cet état d'esprit que le directeur de la clinique, oubliant ses dossiers, repoussa son siège et alla se planter devant les doubles vitrages d'une de ses fenêtres panoramiques. Il considérait d'un œil morne la cour enneigée, le grand portail de fer et de bronze, et de l'autre côté la route verglacée, la lande alentour, l'espèce de descente de ski menant en bordure d'abîme, l'océan enfin par-delà les falaises, l'océan comme un ressac où se déchirent à jamais les âmes de tous les désespérés ayant vécu et qui, vagues après vagues, vivront pour mourir et renaître jusqu'à la fin des temps. Une silhouette pataude d'ours de cirque vint distraire son regard ; il reconnut le fils de Leeloo, errant entre les congères et les haies de buis changées en blocs d'albâtre.

Botté, écharpe au cou, un bonnet de laine à pompon dissimulant ses oreilles inutiles, il déambulait tête baissée par les allées géométriques de la cour de façade que le gardien du domaine avait l'ordre de déneiger après chaque précipitation. Les mains enfoncées dans les poches de sa parka, à quoi pouvait-il rêvasser, sans autre distraction que le film muet d'une vie recluse ? Depuis le départ en retraite du vieil arboriste, le fils de Leeloo s'occupait seul du labyrinthe, parfaitement instruit des dispositions à suivre pour préserver et entretenir l'architecture méandreuse. Et, somme toute, une fois au travail, incapable de s'extraire d'une activité qui mobilisait toute son énergie, il se débrouillait à merveille. Mais le parc aux résineux n'était plus qu'un mastaba de glace qui le laissait désœuvré. Quoique toujours à sa cuisine ou à ses jeux de divination, Sigrid montrait depuis peu des signes de confusion et de troubles de l'humeur. Aux jours chômés, quand il ne s'enfermait pas dans sa chambre, Malgorne fuyait son irritabilité. Une autorisation de sortie occasionnelle lui était accordée, seule manière d'éviter les fugues et le retour aux Descenderies encadré par deux policiers. L'époque où l'on internait les sourds fatalement muets et les simples d'esprit destinés au royaume des cieux était révolue. Malgorne, dégagé de toute autorité, avait acquis un statut social, avec en poche des papiers d'identité à présenter en cas de contrôle.

Toujours à sa fenêtre, le docteur Riwald ne pouvait évincer la mémoire de Leeloo. Dès qu'il apercevait la silhouette du jeune homme, Leeloo resurgissait comme en surimpression, sylphide du souvenir, figure dansante et libre. L'internement d'un esprit élémentaire, ange, démon ou âme errante, peut-il se concevoir ? On enfermerait aujourd'hui tous les génies de l'air et du feu, les héros et les dieux, la nature entière ! Leeloo, incompréhensible étrangère, lui avait été livrée sans avis médical, par simple arrêté préfectoral, comme on lègue une bête de cirque maltraitée à un jardin zoologique. Et il l'avait recueillie avec perplexité, curiosité, sidération enfin : la jeune femme absente aux autres, indifférente à toutes les tentatives d'apprivoisement, manifestait une présence charnelle insensée. Puis Leeloo avait été emportée un jour par l'océan. Comment la croire morte ? Bien des années plus tard, l'enfant du silence piétinait la neige, de long en large, derrière les grilles…

Le docteur Riwald aimait la musique, il la vénérait en pythagoricien assimilant les sons aux nombres et ceux-ci à la lumière. L'ennui des sourds lui semblait devoir être inexplicable – à moins d'être peintre et, tel Goya, mêler ses couleurs au sang des tueries–, mais ça pouvait assurément les sauver de la folie, cette part inguérissable de l'ordinaire aliénation, sinon de l'idiotie où s'étiolent les âmes délaissées. Son hypothèse était qu'un sourd de naissance auquel on octroierait brusquement l'audition découvrirait des espaces sonores proprement inouïs, inconnus du commun des entendants. Ces derniers, dont il était, ne connaissaient du silence qu'une approximation, un aperçu plus ou moins fictif, comme l'éther des Anciens en contre-épreuve du vide sidéral. Même au milieu du désert, on ne saurait comparer le silence qui s'écoute qu'à la basse continue des partitions baroques ou au bourdon du tampura dans la musique carnatique. Cœur battant, quelque chose comme le bruit de fond de l'univers faisant vibrer en sourdine la membrane tympanique. Le fils de Leeloo, lui, vivait dans sa chair l'absence d'appel, l'absolu du silence ; et s'il percevait au creux des os les vibrations de l'écorce terrestre et le martèlement des astres en même temps que les pulsations de ses viscères, ce devait être comme un malaise, une sorte de lancinement inconcevable.

Le docteur Riwald avait étudié à ses heures les traités musicaux du compositeur Johann David Heinichen, et notamment son *cercle des quintes*, outil géométrique avec lequel imaginer un labyrinthe sonore. Il fut reproché à l'exact contemporain de Bach d'exploiter l'équivoque de l'accord de septième diminuée. Projeter celle-ci au cœur d'un jardin dédaléen avec ses fausses pistes et ses inversions de symétrie aurait pu être le rêve d'une vie. Un dessein vraiment fou, spécula l'aliéniste. Toute sa carrière au fond n'était qu'un leurre, une manière de *donner le change* qui lui avait permis sur le tard d'incarner dans un espace d'illusion donné une construction digressive riche de cette fameuse équivoque. Il partit à rire tristement. Nul visiteur du labyrinthe ne serait jamais apte à saisir le vrai sens de *l'accord de septième diminuée*.

En bas, dans la cour gorgée de reflets, les flocons volaient de nouveau. Le jeune homme sourd s'était accroupi pour ramasser une grosse poignée de neige et la modeler en projectile. Redressé, il jeta un coup d'œil circulaire puis lança sa boule avec force contre le portail. On devinait comme une rage d'enfant dans ce geste. Toujours lui manquerait ce renom secret des choses qu'on appelle souffle, musique, chant, tonnerre, écho… Malgorne n'entendrait jamais le bruit méticuleux de la neige qui sur elle-même se dépose.

X

L'hiver fondit d'un coup avec le dernier cristal de neige. Ce brusque réchauffement eut des conséquences inattendues, marquées par des glissements de terrain aux abords du littoral et des inondations dans les landes de déforestation et les pâtis marneux où plusieurs troupeaux d'ovins erratiques furent décimés. La falaise engorgée d'eau de pluie pendant l'automne subit plus que jamais au dégel des ruptures de cohésion interne qui déclenchèrent une succession d'effondrements jusqu'au début de l'été. Par une nuit de juin caniculaire, l'ultime emporta un vaste pan calcaire de l'autre côté de la route goudronnée, à hauteur du domaine des Descenderies. Malgorne, la fenêtre ouverte pour respirer le vent du large, tardait à s'endormir. C'était toujours ainsi quand l'ombre claire de la pleine lune hantait sa chambre de phosphorescences. Il bascula néanmoins dans un rêve sans clore les paupières. Le vol obscur d'une chouette passait et repassait devant l'éclat de chandelle du firmament. Malgorne aimait la nuit quand aucune fête ne la troublait ; le cours visible des astres collait alors à son silence. La nuit n'était-elle pas l'image vraie de l'univers que la taie du soleil occultait à heure fixe ? Et les bruits du monde, un parasitage de la lumière.

Dans le clair-obscur du rêve tous les chemins égarent, rien ne commence ni ne s'achève et nul ne regarde où il marche. Ses pas le conduisent devant la mer, sur la plage, à l'endroit même où s'était échouée l'étrange créature sirénienne aux yeux de noyade. Le silence oblige à l'attention ; les marées ne préviennent pas, ni les ombres. Il soupçonne une présence, certain qu'elle se dévoilerait à lui s'il osait dévier son regard. Les vagues à ses pieds rabattent les cartes, est-ce une patience, un jeu de défausse ? Chacune lève en révérence une main gantée de dentelle blanche. Les vagues meurent d'être sauves dans un remous d'écume. Elles sont les pages aux mille yeux du grand livre des poulpes. Rien n'empêche d'y nager sans fin, jusqu'à l'autre bord inconnu…

Malgorne s'éveilla en sursaut sur un très absurde nœud d'évidences aussitôt dénoué et perdu, comme s'il venait d'effleurer un secret plus insaisissable qu'une bille de mercure. Mais demeurait en lui une intense sensation de perte. Qui saurait mesurer les dommages d'être ainsi expulsé d'une vie ou d'un rêve bouleversant de promesses, les mains vides et condamné une fois de plus à subir une autre naissance ?

Un tesson de lune à sa fenêtre distillait le pâle reflet d'un temps révolu. C'est alors que le sol trembla sensiblement ; une vibration le parcourut des pieds à la tête. Ce n'était pas la première alerte ; au début, Malgorne s'en étonnait avec une pointe d'espérance – et s'il était en passe de recouvrer l'ouïe ? Mais ces secousses ressenties dans tout le corps montaient des entrailles de la falaise. Des écailles de plâtre tombèrent en neige du plafond de sa chambre. Pendant ce temps, l'homme-machine récoltait des bris d'ardoises décrochées du toit. À chaque fois, c'était un branle-bas au domaine. Malgorne ne doutait pas que ce fût un nouvel éboulement à proximité. Vite sur pied, il croisa Sigrid affolée dans le couloir qui gesticulait des signaux de détresse. Ce n'est qu'en bas, sur le seuil du pavillon, que ses appréhensions prirent quelque apparence. L'aurore se confondait encore avec le clair de lune. Les mains pleines, Martellhus, curieusement, restait figé devant le portail ouvert.

Sur la lande, par-delà la route, le directeur de l'asile, en robe de chambre à motif compliqué, entrelacs et rinceaux, ainsi qu'une demi-douzaine d'infirmiers en blouse, se tenaient eux aussi immobiles, campés à une vingtaine de mètres de la zone d'effondrement. Seul Malgorne n'eût pu entendre la sirène d'une voiture de sapeurs-pompiers qui vint se garer devant le portail. Trois hommes arborant des casques étincelants rejoignirent d'un pas décontracté le personnel de l'hôpital à proximité du spectaculaire reflux du flanc de falaise.

Les mains sur les hanches, tous hochèrent la tête dans cette attitude transitoire d'effarement que provoque un phénomène inaccoutumé. L'un des pompiers fit de grands gestes, évoquant ceux d'un balayeur brassant des feuilles mortes ; chacun y répondit, avec des précautions de patineurs sur un lac gelé menacé par la débâcle, en se repliant du côté du domaine où l'homme-machine, revenu à lui, entamait l'air de rien sa tournée d'inspection.

Le recul des falaises, leur vitesse de retrait prévisible excédèrent cette nuit de juin toute évaluation, et particulièrement sur le site d'Umwelt où la moyenne d'érosion côtière était demeurée à peu près constante. Face au domaine des Descenderies, un pan de falaise d'une bonne dizaine de mètres s'effondra avec la promptitude d'une banquise polaire en zone de cisaillement. Les jours qui suivirent, une escouade d'experts des services territoriaux multiplia rapports et contre-rapports, mais il en ressortit majoritairement que l'aléa exigeait un arrêté de catastrophe naturelle : la partie immobilière du domaine située dorénavant à moins de cent mètres du cap d'érosion entrait de facto dans une zone à risques, ce qui impliquait une procédure d'insalubrité irrémédiable. Le docteur Riwald fit appel du jugement. Tout au long de sa carrière, grâce à de bons avocats et à un réseau d'influence tramé dans diverses fraternités, il était parvenu à être relaxé d'à peu près toutes les plaintes engagées contre lui pour préjudices corporels, non-assistance, voire atteintes involontaires à la vie d'autrui. Ses embarras prenaient une autre tournure avec l'instruction en cours. Au-delà d'une fermeture administrative, laquelle au fond ne l'affectait plus vraiment, il redoutait la confiscation de l'œuvre de sa vie, la seule qu'il pouvait légitimement s'attribuer bien qu'accomplie année après année dans une semi-clandestinité motivée par la nécessité d'endormir l'indiscrétion intrusive des fonctionnaires contrôleurs de tout acabit. En pariant sur les délais d'exécution, toute curiosité est comme anesthésiée à l'usure. Voilà une galerie des mirages que les plus vieux jurent avoir toujours connue ou un château musical bâti en os d'antilope au beau milieu d'une maison de fous. La sylve de résineux façonnée en savant dédale lui importait plus que sa réputation et que son impunité même. Quoi qu'il advînt, l'ancien sanatorium classé aux monuments historiques serait protégé et entretenu à titre conservatoire avec le domaine attenant jusqu'à ce que l'océan l'avale. Par chance, il y avait un silentiaire au service de son palais végétal. Le fils de Leeloo était un peu sa créature. Il avait veillé sur lui et son pauvre destin par le biais d'intercesseurs choisis. On peut tenir des foules sous hypnose, et plus aisément encore certains individus. Comme Martellhus gardait le domaine en géant de bronze, Malgorne était programmé pour perpétuer son œuvre. Ces deux-là poursuivraient immuablement leur activité par un simple effet de vitesse acquise.

Les lenteurs administratives excédant celles des catastrophes naturelles, le docteur Riwald était persuadé que l'institution des Descenderies continuerait d'accueillir longtemps encore, cahin-caha, des pensionnaires furieux ou sages, des fous par procuration, conviction ou précaution, tous ceux dont la société s'ampute avec un soin clinique, les contemplatifs et les convulsifs, les inspirés incontrôlables, les délirants, les humoristes inconsolables. Mais à sa connaissance et pour son intime et très âpre désœuvrement, pas l'ombre d'un de ces *fous du temps* qu'on trouve dans Shakespeare, « ces grands héros tragiques inaptes à partager la durée commune des hommes ».

XI

On remarque certaines ruptures de vraisemblance aux périodes troublées, quand le moindre regard échangé, les histoires qui se racontent et même la lumière du jour prennent un tour augural. Soudain, par épisodes, un étrange relâchement proche de la distraction morale s'empare de toute une société, jusque-là appliquée à ses maigres intérêts comme à ses lassantes coutumes. Plus le monde qui nous entoure entre en zone de turbulences, plus s'altèrent les connexions ordinaires avec la prétendue réalité. L'inquiétude des temps suscite un tel état de sidération qu'à peine s'étonne-t-on des accrocs et déchirures qui dérèglent le flux continu des événements, et moins encore des sauts d'images et des trous de mémoire, ces chausse-trapes dans le tapis roulant de nos nuits et de nos jours.

Sur la région côtière reculée d'Umwelt, la plupart des résidents palliaient le manque de directives des autorités locales par une inféodation machinale, comme décérébrée, aux règles convenues. Le fait est que la ville et ses environs se dépeuplaient de manière alarmante. Les installations portuaires l'une après l'autre réduisirent ou cessèrent leur activité. Les navires de gros et moyen tonnage, en conséquence, n'eurent plus accès aux docks. D'imposants chalutiers privés de main-d'œuvre renoncèrent eux aussi à leur point d'ancrage au bénéfice d'un havre éloigné. La halle à marée résista mal à la désaffection générale ; quelques mareyeurs trop vieux pour s'exiler montaient sans conviction l'enchère ; et face au vent, le long des quais, les dernières crieuses de la pêche artisanale y rameutaient davantage de pillards emplumés que d'honnêtes chalands. Si la fermeture de l'institution psychiatrique greva sensiblement l'économie locale, personne ne trouva à s'en plaindre dans un environnement sujet à l'effet épizootique de la folie.

Le pouvoir des notables étant ce qu'il est, l'arrestation et la mise en garde à vue du docteur Riwald ne furent pas pour rien dans la subite diligence de l'administration territoriale ; un mandataire de justice hâta le démantèlement de la structure hospitalière. On dissémina les malades dans les institutions asilaires du district ; quant aux membres du personnel, ils durent subir divers contrôles et interrogatoires avant d'aller postuler ailleurs selon leurs qualifications. La vieille Sigrid fut transférée dans une maison de retraite. Déserté face à l'immédiate proximité de l'océan, le domaine des Descenderies prit vite un aspect irréel qui raviva d'anciennes rumeurs combinant folie et phtisie, dégénérescence et contagiosité, sur fond d'enquête criminelle.

Désormais seuls à y loger, deux employés furent confirmés dans leurs fonctions de gardiennage et de maintenance. De facture Art nouveau nordique, baptisé « style romantique national » par un fonctionnaire du service du patrimoine, l'ancien sanatorium ne perdrait *de facto* son classement aux monuments historiques que lorsqu'il tomberait à la mer. L'art primait l'occupation des sols. La majestueuse façade privilégiant le rayonnement solaire pour ses vertus microbicides avait donc vocation à être appréciable par tous, serait-ce depuis la mer ; et de ce fait les baies arquées à voussures devaient être régulièrement entretenues et dûment bâclées en cas de tempête.

Sans s'être jamais éloigné des parages immédiats du domaine, le gardien livré à lui-même officiait comme si de rien n'était. Seul le grand portail restait clos, par ordre de l'administration. Sur le qui-vive nuit et jour, Martellhus effectuait ses rondes en automate et ne trahissait un ersatz de bénignité qu'au moment de manier les outils de jardinage. Les plates-bandes de la cour palière étaient toujours parfaitement alignées ; pas une herbe folâtre n'échappait à sa vigilance. Impitoyable piégeur de souris, campagnols et autres menus rongeurs, il soignait avec d'étranges délicatesses les plants de tulipes, d'orchidées, de pavots d'Islande ou de chrysanthèmes. Malgré l'entière latitude qui lui était laissée depuis la clôture de l'établissement, il accomplissait son ministère avec une discipline accrue et arpentait selon des rituels compliqués les moindres recoins de la propriété en sentinelle inutile. Cependant Martellhus ne franchissait jamais l'autre versant, comme s'il n'entrait pas dans son schéma cervical plus que par un quelconque interdit : le parc aux statues et son labyrinthe à l'ombre de la façade arrière semblaient n'avoir pas de réalité pour lui. De même négligeait-il avec une ostentation manifeste la présence du jeune arboriste, second préposé à l'entretien du domaine désaffecté. Occupant la même maison, l'un en rez-de-jardin et l'autre à l'étage, Marthellus n'avait jamais eu l'idée de manifester à son colocataire le moindre signe d'accointance, serait-ce par courtoisie ou obligation. En dehors des limites de son office et mis à part les petites calamités de la grêle, des insectes ou des promeneurs intrusifs, il n'y avait rien de tangible pour lui, rien n'existait vraiment. Indifférent à tout ce qui l'entourait, choses et créatures, il allait d'un pas compté, mû par son plan de travail et la détestation de tout ce qui eût pu y faire entrave.

Désormais défendue aux véhicules motorisés, la route du littoral était empruntée aux beaux jours par de rares randonneurs à pied ou à bicyclette. Ceux-ci ne manquaient pas de s'arrêter devant les grilles pour une photographie ; certains, plus avertis, poussaient à leurs risques et périls l'une ou l'autre des portes piétonnes. Statue animée pareille à Talos, le gardien surgissait toujours à temps. Et les importuns s'en retournaient, quittes d'une belle frayeur, leur guide touristique sous le bras.

Mais advint un matin, alors qu'il était accroupi au milieu de buissons de roses à sectionner sauvageons et gourmands, qu'une jeune fille en promenade coucha son vélo devant le portail et s'anima drôlement, comme si quelqu'un l'accompagnait. Le géant embusqué s'ébahit de la délicatesse de ce visage, plus fin encore que les poupées de mode en porcelaine collectionnées par sa défunte sœur. À qui faisait-elle signe, un doigt pointé sur les arabesques de la façade ? La falaise était déserte ; il n'y avait personne derrière les fenêtres en baies. Distrait par un passereau qu'il tenta d'écraser du plat de son énorme main, l'instant suffit pour que l'apparition enfourchât sa bicyclette et disparût, tout comme l'oiseau à tire-d'aile. Simultanément, les gouttes éparses d'une averse d'été transpercèrent son tricot. Troublé, il se dit que la promeneuse venait sans doute d'en recevoir la toute première et s'était enfuie de peur d'être trempée. Le parfum des roses, un hybride perpétuel dont la senteur change au fil des heures, s'exalta avec la pluie, musqué, presque charnel. Martellhus se redressa avec peine, rangea ses outils et, l'esprit plus vide que jamais, reprit sa marche d'automate sans un regard vers l'océan où des nuées d'orage s'accumulaient.

XII

L'océan de ce côté des terres a de singulières impulsions aux équinoxes. La découpe rocheuse du littoral s'y prête avec au moins deux pièges fracassants : la variation contrastée des fonds marins, cause d'un ressac parfois cyclonal, et les nombreux écueils alignés en rouleaux jusqu'au premier phare. Quand la mer reflue, aux grandes marées de printemps et d'automne, un lac se forme, bientôt séparé de la mer, au creux d'une sorte de valleuse spongieuse, duvetée, à l'odeur de palud, dans l'enlacement alangui des falaises. Et l'île de l'Estrande, d'ordinaire circonscrite en une forteresse de basalte, s'étend alors sur un bon mille au large, plus que jamais inhospitalière derrière ses barrières de brisants en forme de pointes de herse. Des hauteurs de la colline au pied duquel se rencogne la petite ville portuaire d'Umwelt, à quelques centaines de mètres d'un havre protégé à l'est par un môle de briques qu'une estacade prolonge, les perspectives sans reliefs se dessinent distinctement en leurs moindres contours comme une projection cartographique.

Depuis ses fenêtres, Peirdre peut contempler des

heures, jusqu'à l'égarement, ces espaces livrés aux éléments. La nuit, érigée sur un récif en proue de l'île de l'Estrande, la tour désarmée dans l'après-guerre lui apparaît, spectrale, à chaque balayage des flots par les feux tournants du phare situé à distance, du côté des appontements et des docks, au bout d'une jetée interminable que la pleine mer submerge chaque année davantage. On raconte que le dernier gardien de ce purgatoire, comme on appelait jadis les phares insulaires, avait pour marotte la plongée en apnée et fut un jour démembré par un grand requin blanc louvoyant dans ces eaux. On raconte bien d'autres fables sur cette côte et dans les environs.

Chez elle, à l'abri, dans sa demeure haut perchée dite du Bec-de-l'aigle, un ancien sémaphore aménagé en villa de plaisance, Peirdre vivait singulièrement retirée. Il y avait bien Sile, plus discrète qu'un fantôme. Vague parente célibataire réduite à la domesticité, la vieille femme avait servi Mme Labellul, la mère de Peirdre, après avoir tenu un rôle de dame de compagnie auprès de son grand-père, ex-officier de la marine marchande révoqué pour faute grave. Le Bec-de-l'aigle s'était vidé de ses habitants en moins de trois générations : naufrages, maladies congénitales, suicide, abandon caractérisé. Et Peirdre avait grandi à la fin presque seule au milieu de meubles chargés de silence, avec à sa discrétion les panneaux épars d'une vaste et audacieuse bibliothèque dont les plus récents ouvrages dataient du siècle dernier. Maigre figure d'une frugalité d'épouvantail qu'on eût pu, la nuit, ranger sur un cintre parmi les vêtements d'une armoire, Sile semblait veiller sur elle à distance, sans inclination ni ressentiment, parce que tels étaient sa position et son devoir, ou plutôt son motif exclusif d'existence, comme si elle n'avait de réalité qu'en ce pauvre apostolat.

Certaines contrées de la bibliothèque disséminée dans les chambres et les couloirs, un piano droit que son amie Miranela savait accorder rien qu'en l'effleurant, et ses cours par correspondance, occupaient fort l'adolescente mais ne suffisaient pas à briser la coque de vacuité mélancolique qui la pétrifiait par accès, tout soudainement, à cause d'une pâleur du jour ou d'un cri d'oiseau dans les cheminées. L'ennui était chez elle une fatigue de l'esprit. Peirdre ne manquait pas de curiosité, d'envie et même d'indiscrétion, mais quelque chose du temps contaminait parfois la lumière ambiante et cette subtile dégradation de l'air lui coupait le souffle jusqu'à l'engloutir. Réfugiée dans l'ancienne chambre de veille, Peirdre attendait le soir. Le crépuscule était sa délivrance. Un peu vacillante, elle gagnait alors par une solide échelle de fer extérieure le point de vue en terrasse ouvrant sur l'immensité. Depuis un parapet au garde-fou rongé de rouille, les cheveux au vent, elle se laissait envahir par l'ombreuse palpitation des cieux et de l'océan. La tour éteinte de l'île de l'Estrande qu'une simple balise signalait à la navigation, allait peu à peu s'effacer avant que le phare en activité du côté du port reparte à balayer l'îlot, bientôt relayé à main gauche par un puissant feu de pleine mer. Cette alternance dans l'obscurité montante calmait son anxiété d'elle ne savait quel diadème d'orage. En bas de la colline, dans le repli du littoral, les lumières de l'agglomération lui étaient bien connues : celles, alignées, des douze réverbères de la rue principale et quelques autres, éparses, aux fenêtres des rares maisons encore habitées. La dernière à l'écart, seule demeure parmi les immenses hangars déserts de l'impasse de l'Océan, clignotait à son intention dans le vent bruineux. Sans doute couchée derrière ces vitres, la nuque ployée pour lire, une fille éperdument radieuse d'à peu près son âge y rêvait aux mêmes secrets. L'amie, seule amie qui, par un accord tacite, ne fermait en aucun cas les volets de sa chambre et semblait se confondre avec cette basse étoile du soir : Miranela ne dormait jamais. La joue contre la lampe, peut-être relisait-elle, découvert l'avant-veille dans le désordre de la bibliothèque, le récit d'un de ces jeunes auteurs oubliés auxquels il n'aura manqué qu'un peu de temps à vivre. L'histoire du mousse naufragé Santeuvre qui, parvenu à se hisser à bord d'un vaisseau fantôme, se hasarde à en prendre les commandes et après mille nuits d'errance, aborde l'île Dévoreuse où règne *Salamandra Salamandra*, idole d'ébène que la pleine lune anime au grand péril des égarés. Souvent, au prétexte de lui emprunter un livre ou de lui dérober un baiser, Miranela aime à grimper la route de la colline sur son vieux vélo tout terrain. Était-ce hier encore ?

Maintenant rendu aux ténèbres, comme un rempart de bronze par instants sous l'assaut aveuglant du phare du port, l'océan propage un grand bruit de déchirure. Personne face à lui, nul n'existe, tout est embruns, danse de spectres, lambeaux de rêves. L'océan noie la mémoire et les siècles. Tout chancelle et se désagrège, les vivants ne sont qu'un peu d'écume en bout de grève. Mais le vent se lève, chargé de pluie, et avec lui toutes les mains glacées des disparus en mer. La tempête promise remue au loin ses noirs fanaux et ses antennes de foudre. Peirdre, le souffle coupé par la bourrasque, dévale l'échelle de fer et referme derrière elle la double porte qui trépide. Au moment de descendre l'escalier hélicoïdal menant aux communs, l'unique ampoule éclate dans un éclair. « C'est encore toi, Mira ! » s'écrie-t-elle, un instant effrayée. Elle se dit qu'il faudra racheter des lampes et quantité de bougies pour l'escalier et les chambres. Miranela souffle toutes les chandelles et s'amuse avec les ampoules. « Qu'attends-tu pour me rejoindre ? semble-t-elle lui dire. Bientôt tu seras trop vieille pour jouer avec moi. » Peirdre hausse les épaules à cette pensée. Elle n'aime pas que son amie parle en elle ainsi, sans égard pour sa solitude. D'ailleurs Miranela est partout présente. Elle n'a jamais quitté le sémaphore, ni la lande où pleurent les âmes mêlées du vent, ni la mer qui grignote la hanche meurtrière des falaises. Miranela, bien plus qu'elle, hante le Bec-de-l'aigle ; n'est-elle pas semblable aux oiseaux fous qui s'abattent certains soirs sur la grève après la tempête…

Presque aveugle à force de larmes mais plus accordée aux lieux qu'un jacquemart à son horloge, Sile raconte à qui veut bien l'entendre que les naufragés, tous les péris en mer, reviennent aux grandes marées réclamer leur dû d'amour et de sang frais. Les âmes inconsolées ne peuvent s'échapper. Elles perdent apparence et comme les vagues indistinctes refluent à demeure aux marées d'équinoxe.

Peirdre a regagné sa chambre tout en haut, la plus grande, celle à la grande baie de verre trempé qui servait autrefois d'observatoire. Elle se déshabille dans la pénombre. Le temps de refroidir, les vêtements qu'on ôte sont encore gorgés de vie ; on les retrouve glacés au réveil et gisant comme des méduses échouées ou des mues de serpent. À l'angle de la baie, scellé au mur, il y a un grand miroir que le phare au large d'Umwelt éclaire drôlement toutes les trente secondes du fond d'un gouffre liquide. Peirdre aime cette nuit décousue. C'est, à chaque fois, l'irruption miraculeuse, un battement de son cœur, la vie perpétuée. Peirdre, à demi nue, grelotte dans la pénombre. À cause du miroir et du tournis de lumière, elle peine à retrouver son lit, un antique bahut où dormait sa mère avant d'y rendre l'âme. Qui donc en nous possède l'âme, à qui la rendre comme un prêt sur gage ? Petite maman du tombeau, tu ne m'as rien expliqué. Trépassée, es-tu là ? Peirdre se glisse sous un drap rêche, vieux linceul de rêves. Le sommeil est le commencement et la fin ; il n'y a pas d'ailleurs. A-t-on jamais compris combien naître est mourir ? La mort emmure tous les secrets. La mort est cette parole qui sèche aux lèvres avant même d'être dite. Un feu follet d'images là-dessus se promène. Peirdre rêve toutes les nuits aux corps perdus d'un frère noyé, d'une mère dissoute, d'un père navigant comme le voltigeur hollandais sur un tanker géant. Aux commandes jour et nuit, le capitaine Owen remonte les mers entre le cap de Bonne-Espérance et les ports pétroliers du Grand Nord, il passe au large des falaises d'Umwelt sans pardon pour la guetteuse du sémaphore, tandis qu'un minuscule lamantin ondoie dans l'oubli des eaux profondes. C'est signe de salut, dit-on, quand la mer garde en son giron les disparus. Le petit frère a-t-il atteint cette île des Souffles très loin vers l'ouest, heureuse terre hors du monde dont parle la messagère aux ailes taillées dans l'écharpe d'Iris ? Peirdre s'est endormie, les paumes entrouvertes, tandis que la tempête ameute les éléments dans un fracas de carènes rompues. Le roulement de mille tonnerres secoue bientôt le sémaphore. Ce n'est que son propre cœur qui mesure les secondes au revers d'un songe. Elle n'en perçoit qu'une sourde rumeur, à peine une pulsation d'où monte un chant maigre.

XIII

Au petit jour, Malgorne se réveille toujours les poings serrés. Quelque chose de vital en lui échappe, comme le sang de ses veines. Dépossédé, une envie de crier en travers de la gorge, il est saisi à chaque fois par une intense sensation de résiliation et de lacune. Malgorne ne sait pas lire dans ses rêves. Il y bredouille une langue de silence qui s'articule et se prononce on ne sait trop comment. Quelqu'un, une femme obscure, une inconnue d'une beauté outrageante, lui donne de muettes leçons chaque nuit. Malgorne répète les mots après elle et l'écho lui répond d'une voix sans timbre. Il épelle les phrases entre ses doigts ; il les boit comme l'eau vive qu'on porte à ses lèvres. Mais au réveil, il ne comprend plus rien, un oubli aveuglant éteint les étoiles. Il se rappelle seulement avoir échangé des lambeaux de clarté. Quelque chose l'empêche d'espérer à nouveau, quelque chose de lourd et gras comme l'étreinte d'un cadavre. Jusqu'au prochain sommeil, jusqu'à la vaste nuit que le jour dissimule le temps de brûler sa torche.

Et soudain les heurts et les pulsations du monde viennent à lui en vrac, mystérieux. Il pense sans raison aux vestiges d'un incendie jetés sur le trottoir, meubles noircis, matelas noyé, objets informes. Qu'est-ce qu'entendre ? Peut-on se l'imaginer au point d'ouvrir toutes les conques du vide ? La marée montante secoue la falaise. Le cri décuplé des goélands résonne en chute libre, par grandes brassées hystériques. Deux chiens enchaînés s'interpellent à distance – « quoi ? » fait l'un, « rien », dit l'autre –, sans fin ils se répondent. Un clocher quelque part s'ébranle pour décompter la septième heure. Des chevaux hennissent dans un pré. Un avion de ligne scie les nuages. Mais tout ça ne le concerne pas. Il voudrait comprendre enfin ce complot qui l'isole. Chaque fois qu'il s'arrache au sommeil, c'est pour lui une naissance et une mort.

Un grand soleil étire les ombres. Malgorne s'est levé avec un trou, une sorte de béance dans la poitrine. Le cœur lui manque à cet endroit, mais le monde dehors bat l'enclume des jours. Il ne tarde pas à rejoindre la cour du domaine où une silhouette compacte semble patauger dans la lumière. C'est Martellhus, l'homme-machine qui, à son habitude, fait mine de l'ignorer. Imperturbablement, il déambule d'un pas irréfléchi entre les atlantes du seuil et le grand portail. Colosse aux jambes raidies, le crâne rasé en forme de heaume luisant, il surveille les bâtiments déserts avec pour mission accessoire d'enregistrer la moindre anomalie, un volet qui claque, une gouttière engorgée, l'intrusion d'un renard, et de tenir à distance les excursionnistes et les maraudeurs.

Malgorne ne s'émeut guère de cette statue en marche. Rien ne l'inquiète des attitudes hostiles ou menaçantes. Une sorte de prescription annihile en lui la crainte, quel que soit le péril. Cependant tout l'étonne, parfois jusqu'au vertige.

Le domaine sinistré se dresse sur le front nord des falaises, les plus hautes, à moins de cinquante mètres de l'escarpement. Menacée en plusieurs points d'effondrement, la route côtière n'est plus accessible. Tous volets clos désormais en regard de l'océan, le principal édifice, manière de palace bâti sur les fondations d'une antique tour de guet, expose aux intempéries sa haute façade nervurée et chatoyante, tel un second front de falaise. Dérobé aux regards entre la façade arrière et la muraille que cerne la lande, le labyrinthe se laisse oublier. Il y a sous l'escalier de pierre qui y mène un appentis où ranger les outils et ustensiles, échelles, bâches, taille-haie sur perche, batterie de sécateurs. À l'intérieur, sous l'auvent, Malgorne allume une cigarette. Il aime s'isoler dans le contre-jour et fumer, l'esprit pareil aux volutes bleues du tabac. Sinon dormir, descendre sur la grève ou guetter d'infimes détails dans les lointains ou à ses pieds, rien ne l'occupe que son office de jardinier arboriste. La société gérante du domaine a certifié ses fonctions sans consultation particulière, sur la foi d'un certificat d'ouvrier paysagiste. Le plausible désintérêt de ses employeurs, contraints de maintenir la salubrité d'un lieu sans avenir, ne peut que satisfaire sa nature farouche. Inapte aux civilités ordinaires, Malgorne accomplit sa mission avec zèle. Il s'agit de maintenir en l'état une architecture des plus complexes, un labyrinthe déployé en plusieurs kilomètres d'allées, l'issue exigeant la conquête du centre afin de déjouer maints détours.

Accoutumé à ces méandres, Malgorne aurait pu s'y orienter à l'aveuglette, l'essentiel de son travail consistant à tailler les arbres en haies vives d'une impeccable rectitude sur une belle hauteur en respectant les artifices du dédale, les enchevêtrements d'allées droites ou courbes, les fausses impasses et les perspectives tronquées d'une chambre de verdure à l'autre, les ruses diverses conçues pour égarer le visiteur au moment même où il imagine hâter sa délivrance. En toutes saisons, Malgorne arpente les allées, élague, ramasse les feuilles, remplit un cabrouet de bois mort. Plus tranquille en hiver, après les coupes d'automne, il s'échappe certains jours du domaine et flâne très loin, le long du rivage, par les falaises et par les grèves. Incapable d'estimer les distances, le jeune homme sourd perd ses marques à découvert. Face aux immensités mouvantes du ciel et de la mer, après des jours à s'escrimer sous la sombre voûte des cimiers, l'échappée du labyrinthe déclenche en lui un durable éblouissement. Le tourbillon des flots et des nuages, toute cette lumière déchirée exaltent une solitude viscérale. Il n'y a personne au monde, mais le monde est multitude.

Du bout du pied, distraitement, comme on tue une blatte, Malgorne éteint sa cigarette. Il se souvient que c'est dimanche et gagne d'un pas résolu la voie d'enceinte où veillent sur leurs socles les nymphes des abysses. Enfoncée dans l'épaisseur du rempart, à proximité de l'escalier séparant le parc aux résineux des jardins de la cour palière, une porte basse bardée de ferrures et de clous dont il détient seul la clef ouvre directement sur la lande. Bientôt au bord de la falaise, évitant routes et chemins, Malgorne saute et danse au risque de sa vie jusqu'aux basses collines d'Umwelt. Il y a une jubilation dans l'abandon, quand tout vous appelle et vous rejette à la fois. N'existe-t-il pas au même titre que les goélands rendus fous dans les crevasses d'effondrement ? Parvenu au détour où l'on voit à main gauche la tour blanche du sémaphore couronnant un tertre en belvédère, il rompt sa course et tombe au milieu des bruyères comme une flèche lancée au hasard.

Malgorne s'arrête toujours à hauteur du sémaphore. Parfois, au crépuscule, toutes lampes allumées, l'habitante lui apparaît en ombre chinoise derrière la baie de la chambre de veille. Par grand vent, de temps à autre, elle grimpe prestement l'échelle de fer extérieure et laisse flotter la flamme noire de ses cheveux sur la plateforme d'observation. Toujours seule, elle scrute l'océan comme si elle poursuivait à titre très privé la tâche des anciens *guetteurs de la flotte*. Statufié rien qu'à l'apercevoir, lui s'interroge sur la distance intangible qui le sépare de la jeune fille. N'est-il pas en quelque sorte invisible, interdit de communication, exclu d'une moitié des réalités, celles de l'harmonie et des paroles qu'on échange, tandis que, là-haut, une proche inconnue chante peut-être à tue-tête. Comment résonnent les syllabes, quelles sont leurs vraies saveurs ? Les mots sur ses lèvres de sourd ne sont que de menues contractions des muscles labiaux ou d'insignifiantes grimaces, aucune respiration ne les porte. Il aimerait follement partager le secret humide et chaud des paroles. Avec cette vertu ou ce don qui traverse le corps, des viscères aux deux cordes d'un minuscule violon de chair enfoncé dans la gorge, aimer doit être simple.

L'habitante de la tour ne lui est pas tout à fait étrangère ; il se souvient d'une silhouette élancée à la démarche légère venue presque le coudoyer sur la plage où gisait le mammifère marin. Ses longs cheveux noirs brassés par le vent, elle s'était adressée à lui dans l'immense silence qui le séparait du monde. C'est si beau le visage vivant d'une fille qui vous parle, qui sort de sa poitrine pour vous seul l'intonation mystérieuse de son âme. Bouleversé, il n'avait pu s'empêcher de lui répondre, s'efforçant de s'arracher du bruit, râlements et soupirs, ce pathos étanche des sourds, et d'en modeler des mots. La fille n'avait pas ri, Peirdre ne s'était pas esclaffée, l'éclat de ses yeux bleu nuit s'était enfoncé en lui et, plus encore à cause du sourire qui dévoila son extravagante beauté, il dut vaciller de surprise. Ses nom et prénom alors ignorés, il s'entraîne à les prononcer aujourd'hui et chaque jour grâce au petit violon intact de sa gorge, afin de donner le change, la prochaine fois peut-être, la prochaine fois que le hasard d'un sourire les rapprocherait : *Peirdre, Peirdre Labellul-Owen* – est-ce ainsi qu'ils l'entendent ?

Mais le soir tombe, le vent se lève sur la mer. On croirait plutôt que la marée montante a tiré à elle tous les souffles du large. Building aveugle, un pétrolier au loin gauchit la brèche sanglante du soleil ; la ligne d'horizon dirait-on s'incurve à son passage. La nuit d'un coup s'étend. Tout l'océan se soulève sous un croissant de lune.

XIV

Les vagues bougeaient par grandes masses couleur de fonte, montagnes en bataille qu'un pont gris acier semblait arbitrer. Avec ses cent vingt mètres de long et son tirant d'eau à noyer la pyramide de Khéops, l'*Oceanic Captain One* fendait les mers sans états d'âme. C'était un vieux tanker Capesize : trop gros pour emprunter le canal de Suez, il devait forcément contourner l'Afrique par le cap de Bonne-Espérance. Racheté à un armateur de Singapour par une filiale de la Royal Dutch Shell, l'*Oceanic* venait de quitter le nouveau complexe portuaire de Tanger après la remise en état des moteurs et une révision scrupuleuse de sa double coque, carène et paroi intérieure où la moindre microfissure eût suffi à provoquer une infiltration de gaz et leur accumulation explosive. Après dix années de service dans le Golfe et la mer d'Oman pour le compte de raffineurs asiatiques, cette nouvelle affectation lui ouvrait désormais les eaux atlantiques, entre le delta du Niger et les sites de raffinage des îles britanniques et de la péninsule scandinave.

Pour l'heure, Owen inspectait le bâtiment avec le

plus jeune de ses lieutenants. Des membres de l'équipage avaient signalé la présence suspecte d'un sac de sport rempli de vêtements informes et de boîtes de conserve sous une chaloupe de la passerelle intérieure. Les deux officiers visitèrent d'un œil aigu les magasins et la cale à marchandises, plus distraitement la chambre des pompes arrière et la salle des machines. Le chef mécanicien et son second, deux marins réembauchés avec la plupart des matelots par la nouvelle direction, s'affairaient autour des turbocompresseurs aux allures de réacteurs d'avion.

— Un clandestin ? dit le chef mécanicien. Le dernier que j'ai vu, les requins de la dorsale de Carlsberg l'ont croqué...

— Prenez deux hommes et allez plutôt voir du côté des coursives avant, lança le commandant. Le clandé aurait bien pu se fourrer derrière les tuyauteries.

Perplexe, Owen regagna la timonerie où l'officier en second s'étonna de sa mine soucieuse. Attaché depuis des années au bâtiment en qualité d'ingénieur informaticien, il était assis à l'une des tables bardées d'ordinateurs et de cadrans indicateurs que surmontaient en enfilade les armoires de fer des circuits électroniques. L'Engine Control Room n'avait besoin que d'un regard attentif. L'automatisation quasi intégrale des manœuvres de pilotage sous l'égide d'un système satellitaire ne laissait au chef informaticien qu'un fond de stress incontrôlable devant l'emportement aveugle d'un dispositif d'à peu près deux cent mille tonnes à vide.

— Un clandestin ? dit-il. La belle affaire ! Des milliers de nègres cherchent un rafiot pour l'Europe, à Tanger comme à Casablanca.

— Celui-là va en être pour ses frais, soupira Owen.

L'*Oceanic Captain One* contournait les îles Canaries, cap plein nord. Les ponts et l'étrave noyés d'écume à chaque bordée, le pétrolier forait le chaos des vagues dans un colossal mouvement de balancier. Deux jours suffiraient pour parvenir à destination ; à peine plus si la dépression se maintenait.

Sans un mot, le commandant se rendit aux niveaux supérieurs par l'ascenseur de la dunette. Dans les locaux de la salle des cartes, au cinquième étage du rouf, il ôta son trench-coat et alluma une cigarette. On apercevait l'ampleur du déluge par les hublots en embrasure. Avec leurs tubulures aux moirures de rouille et d'écaille, leurs arbres d'embranchements et de robinets le long de couvercles rivetés à d'immenses cuves, les ponts successifs recevaient à jets continus tout le feu et le lait de cette mer en transe. Le commandant Owen se dit qu'il eût mieux valu se faire relever et dormir pendant son quart, oublier quelques heures son vieil ivrogne de père à l'agonie dans un service de réanimation à la suite d'une attaque cérébrale. C'était arrivé dans la nuit. Un administrateur maritime de Göteborg l'avait appelé d'une voix étrangement proche et distincte. L'épuisement électrique de l'anxiété lui vidait l'esprit maintenant, comme après une mauvaise cuite. Il avait appris la nouvelle au moment de l'appareillage, au large de la rade de Tanger. Averti, l'état-major de la société mère avait décliné toute possibilité de dérobade. En route pour la livraison de son premier fret sous le pavillon de la compagnie, l'*Oceanic* ne pouvait pas plus changer son cours que la proue rompue d'une banquise. Libre à lui de sauter dans un avion pour un aller-retour express, une fois le monstre parvenu à destination, si ses employeurs daignaient lui accorder une dispense. Dans le cas contraire, il lui faudrait compter une journée et demie au terme de la traversée pour veiller au pompage des cuves – environ trois cent mille tonnes de brut –, et presque autant pour régler les formalités d'immatriculation et de prise en charge.

Owen rejoignit hâtivement la timonerie où l'officier du pont, penché sur la console, rêvassait dans l'attitude du pianiste composant quelque mélodie. Après un bref salut, il considéra la tourmente à travers l'épais vitrage. L'*Oceanic* était de loin son plus gros tonnage après le commandement de trois navires-citernes, un vraquier, un pétrolier-minéralier. Il se souvenait aussi avoir tenu, à ses débuts en second de bord, le tableau de contrôle d'un butanier battant pavillon libérien qui assurait une liaison entre les îles Canaries et Rotterdam, un antique tanker d'une centaine de mètres retapé aux normes avec toutes les dispenses d'une juridiction complaisante. Compte tenu du fret, la collision au large de l'île d'Ouessant avec un vraquier panaméen en manœuvre de dépassement eût pu faire éclater toutes les fenêtres des maisons de l'île et griller pour longtemps flore et faune aquatique des environs.

Aujourd'hui en charge d'une batterie de cales profondes comme des lacs de montagne avec, en surplomb, un gratte-ciel en guise de rouf, Owen s'interrogeait sur l'insignifiance de sa vie ; veuf, une fille déjà grande qu'il ne connaissait pas et qu'il pensionnait depuis le décès de sa mère, sans attaches ni liens autres, mis à part quelques relations de travail, sa disparition dans l'heure eût tout juste été saluée par un rond d'écume et quelques haussements d'épaules. Pour ce qu'il en savait, tromper sa solitude avec l'océan n'était qu'une manière d'échapper à tout ce qui l'avait tenu, de fuir l'insoutenable tourment de son désir. Il y réfléchissait depuis des années, jour après jour, face à l'horizon. C'était une forme de mélancolie butée autant que d'oubli de soi. Les officiers de la marine marchande, quand rien ne les attache à terre, remâchent leur exil de havre en traversée. Owen se souvenait du refrain déroutant d'une chanson :

Ma première histoire est une histoire de jalousie
Ma seconde est une histoire de fantômes

Par n'importe quel temps, le visage d'une femme aux yeux de folie flottait sur la mer. Au bord d'un chaos, parfois, une lumière intense semblait tomber d'étoiles mortes.

Mais la porte d'acier s'ouvre vivement. Le lieutenant Youri, l'un des chefs de quart, se présente sans saluer.

— On tient le clandé ! C'est incroyable, il s'était encordé comme un ramoneur dans un conduit d'évacuation… L'officier de pont parle de le balancer par-dessus bord.

— J'espère qu'il plaisantait. Qu'on me l'amène immédiatement.

C'était une coutume de terrifier les clandestins avant de les mettre au secret. Owen n'oublierait jamais ce jeune Ivoirien jeté de sang-froid aux requins du cap de Bonne-Espérance par l'équipage d'un cargo voguant presque bord à bord avec son tanker. Il n'avait pas pu intervenir depuis la dunette. Un peu d'eau rougie dans les reflets d'huile, voilà ce qui reste, un bref instant, d'une soif ardente de lendemains. La cigarette qu'il allume avec un bout de mégot a le goût acre du souvenir. Les hublots de la timonerie sont tout éclaboussés d'embruns. Chauve, l'œil injecté de sang et la mâchoire en prolongement d'un nez long et fin, le lieutenant aux commandes penche son profil d'oiseau sur les voyants.

— L'apocalypse est-elle classée force majeure, commandant ? dit-il, par allusion aux trains de tempêtes qui secouaient sans discontinuer l'Atlantique.

— Une simple dépression, répond mollement Owen avant de gagner la salle de quart attenante à la passerelle de navigation où Youri et le second mécanicien, un géant à face poupine, viennent de se présenter.

— Le clandestin en question ! lance le lieutenant en s'écartant un peu de son acolyte pour laisser apparaître, les mains liées, une créature aussi fluette qu'empâtée sous des épaisseurs composites de vêtements.

Owen remarque l'ivoire des yeux sur cette face sombre maculée de croûtes de sang et de résidus de calfat.

— Pourquoi ces menottes ? s'étonne-t-il.

— Ce diable a bataillé, il a cavalé dans tous les sens et quand on l'a coincé en poupe, c'était moins une qu'il se jette par-dessus bord. Qu'est-ce qu'on fait de lui, commandant ? Il n'a pas de papiers, rien qu'un sac de fringues, impossible d'en tirer un mot…

— Laissez-le-moi, je vais l'interroger à ma manière et aviser la compagnie de sa présence. Mais d'abord ôtez-lui ces menottes…

Chose faite, Owen donna leur congé aux marins dubitatifs et présenta un siège à l'individu qui suivait ses gestes d'un regard à la fois hébété et attentif. Lui-même étonné par l'étrange douceur de ses traits, cet air d'enfant grandi trop vite, Owen conjectura une appartenance aux peuples ibo ou ogoni en détresse autour des rades de Port Harcourt.

— Tu parles anglais ? dit-il, histoire de rompre le silence. Tu ne veux pas me dire ton nom, d'où viens-tu exactement ?

XV

Le mauvais rêve du passé subsiste, informe et poreux comme un gaz toxique qui n'a de cesse d'occuper tout l'espace disponible et soudain vous saisit à la gorge. Peirdre aurait aimé aspirer l'air pur du large à s'en déchirer les poumons. Nuages et brumes s'étaient mêlés depuis la ligne d'horizon, estompant peu à peu les cargos de fret et les supertankers qui glissent au loin, puis les îles irréelles, l'armée des brisants et les mouvantes passerelles des javeaux laissées par le reflux en prolongement des rives.

— Je n'ai plus rien à perdre, tu comprends ? Mes parents sont des illusions. Et mon petit frère ne reviendra jamais, jamais !

Peirdre se tait, les mains gelées, titubant sur la lande. C'est à Miranela qu'elle s'adresse sans même la regarder. Elle croit saisir sa manche et l'entraîne vers l'angle cassant de la falaise, au plus haut, face à la mer. Une fois près du bord, ni l'une ni l'autre ne sauraient échanger une parole. Un pacte entre elles est scellé, sans jurements ni sangs mêlés. Un sentiment tacite de délivrance les en convainc au même instant. Cependant la flamme blanche du soleil écarte d'un coup les basses montagnes des nuages.

— Courons jusqu'au port ! s'écrie Peirdre dans un accès d'allégresse.

Comme pour la retenir, il lui semble, Miranela effleure d'une main déliée sa joue si pâle, ses doigts s'attardent sous son menton puis à l'endroit où bat l'artère.

— Allez, viens donc ! dit Peirdre, gênée.

Contrastée sous les effets de lumière, la côte s'infléchit depuis ces élévations tapissées de lichens en bordure et d'un crin jaune, chiendent et seigle de mer, sur les pentes pierreuses par endroits blanchies d'une coulée calcaire. Un peu plus bas, roquettes, pavots cornus et pourpiers sont en fleur.

— C'est bientôt la marée d'équinoxe, dit Peirdre. Umwelt sera coupée du belvédère. Il faudra faire le grand détour…

Au décrochement de la falaise, le long de l'unique route du littoral encore carrossable, le ressac tonne sur la ligne des brisants. La mer haute isole déjà l'Estrande. Réduite à un fortin à l'étroit donjon, l'île assaillie flamboie entre deux éclipses d'ombre et d'écume.

— Tu y crois, toi, à l'histoire du gardien ? demande Peirdre, un œil sur la tour décapitée. Tu sais, le requin blanc…

— Le requin blanc ?

— Oui, le gardien du phare aimait nager en apnée, on ne retrouva que sa tête et ses pieds, à ce qu'on raconte. Les légendes par ici ont bien plus de réalité que la vie des gens…

Peirdre a tourné les talons et considère le damier des toits serrés dans un bel alignement au cœur de cette grosse bourgade portuaire ; les carapaces d'ardoises s'échelonnant jusqu'à l'impasse de l'Océan où se rencogne l'ombre tranchée des hangars. Mais où se cachent-ils donc, existent-ils encore, les habitants d'Umwelt ?

Incapable de résister au vent, Miranela s'est détournée du spectacle de la marée montante.

— Je sais bien à quoi tu penses, dit Peirdre entre deux explosions du ressac.

— Où sont-ils ? demande son amie d'une toute petite voix.

— Il n'y a pas grand-chose à craindre. Bientôt nous partirons sans regret…

— Je ne veux pas quitter la mer.

Peirdre réfrène un fou rire.

— On attendra qu'elle soit haute pour embarquer !

À ce moment, les puissantes sirènes d'un cargo semblent leur répondre. Toutes deux se penchent d'un même mouvement vers les vagues, cherchant des yeux un point fixe dans ce grand tourbillon d'écume et de rumeurs. Un navire coulisse, minuscule, sur le rail de l'horizon. Peirdre se souvient d'une histoire racontée sur ces bords : un capitaine au long cours aimait à la folie la fille d'un pêcheur. À chacun de ses passages au large d'Umwelt, des années plus tard encore, il actionnait sirène et corne de brume désespérément, mais le pêcheur devenu vieux trépassa et sa fille qui ne se souvenait plus de son prétendant à la fin se maria, eut des enfants et vieillit à son tour. Longtemps après la mort des uns et des autres, on pouvait entendre la sirène et la corne par gros temps malgré la canonnade obstinée du ressac.

Comme souvent, solitaires dans le jour incertain, les deux amies remontent vers la côte habitée en contournant l'anse de marée par les chemins des brandes. Cernée par deux bras de mer, la petite ville d'Umwelt semble tout entière destinée à l'immersion derrière sa haute digue confortée d'énormes blocs de granit que les ondes de tempête malmènent et contournent un peu plus chaque hiver.

— Tu devrais venir t'installer chez moi, au sémaphore, lance Peirdre avec une feinte désinvolture.

La jambe droite suspendue une demi-seconde avant d'accomplir le pas suivant, son visage s'illumine d'un sourire l'autre demi-seconde. Les cheveux dénoués au vent, elle prend le bras de son imprévisible amie et, sans un mot, l'entraîne joyeusement dans cette marche bousculée par la bourrasque. Après les chemins et les digues, subitement prise de frissons, Peirdre ralentit le pas impasse de l'Océan. Elle observe l'enrochement des murs, les toits et les fenêtres, puis les sinistres alignements de hangars aux portiques de bois délavés. C'est là même, derrière ces murailles de pluies figées qu'eut lieu le drame, la tragédie. Un meurtre, celui d'une adolescente, forcée et massacrée… elle ne se souvient plus. Le café-tabac du môle, les pêcheurs têtes baissées, leurs épouses muettes. Mais l'histoire est ancienne, personne ne se souvient.

Peirdre a rebroussé chemin, elle court maintenant sous l'averse. Les façades d'un gris ferreux d'Umwelt se dressent, ruisselantes, comme des ventres de squale. Au-dessus des rues étroites, en écho des falaises, les fous rires des goélands déchirent les draperies blêmes du sommeil.

XVI

Peirdre s'est arrachée d'un rêve de plomb et se lève ; le soleil ne l'a pas attendue. Elle se précipite vers l'une des étroites fenêtres d'angle encadrant la baie vitrée. Une vapeur épaisse tournoie sur la lande. Des cloches sonnent ; on entend mugir la corne d'un navire, là-bas, si loin, dans les encres indistinctes de l'horizon et de la mémoire. Soudain, une silhouette se détache des brumes errantes, bras ballants sur le chemin côtier. Peirdre recule dans l'ombre pour cacher ses seins. C'est Malgorne, le jardinier de la maison des fous, qui tend l'oreille vers le large. Souvent, elle l'aperçoit allant de cette démarche contrainte, comme entravée par les vents marins, les cailloux du chemin, tout ce qui bruit et résonne autour de lui. Ses pieds effleurent le sol sans appuyer et toute sa silhouette paraît flotter à demi dans l'air.

À son habitude, Malgorne tourne son grand visage un peu lunaire vers les hauteurs du belvédère. Il concentre son regard sur les fenêtres du Bec-de-l'aigle, tandis que la mer haute secoue les falaises. Nue dans l'ombre, à l'abri de son archère, Peirdre frissonne devant cette présence louvoyante en contrebas ; rien à voir avec le feu noir de la peur, la peur ne pose jamais de question.

Mais elle s'arrache à sa fascination et va s'asseoir à son piano. Un prélude d'Alkan lui vient naturellement sous les doigts. C'est un signe entre elles. *La Chanson de la folle du bord de mer* égraine sa complainte de tourniquet. Miranela est à l'écoute. Depuis des mois, à l'aube comme au crépuscule, nul autre motif de complicité, seulement cet air lancinant qu'elle joue la tête vide, ivre de sanglots et de ténèbres.

C'est maintenant l'heure d'échapper aux pieuvres des songes épiant à la croisée des miroirs. Elle rabat d'un coup sec le cylindre du piano et s'engouffre dans la spirale de l'escalier menant aux communs, salon et cuisine.

— Sile ! Sile ! Réponds-moi, où es-tu ?

La vieille domestique ne répond jamais ; en blouse verte à tour de cou noir, figée comme une rainette indécise, elle attend la tornade dans la grande salle de l'entresol. Tout enfant déjà, Peirdre s'élançait ainsi du haut des escaliers, des branches, des bras qui la portaient. Un matin d'avril, au cimetière de l'arrière-pays, sous les yeux du capitaine Owen, elle s'était jetée dans la tombe de sa mère au moment de l'adieu. Sile, en ce temps-là, n'avait pas d'existence ; elle servait ses maîtres avec cette rare qualité qui consiste à n'être rien, à peine une absence dévouée. Après le décès de Mme Labellul-Owen, emportée par un sort du jour au lendemain, il n'y eut qu'elle pour tenir la maison. Les maîtres ne furent plus que d'abstraites injonctions. On lui demandait de faire le lien entre ce qui avait été et la subite vacuité des jours. Comme mainte demoiselle soupçonneuse qu'indispose le genre humain, Sile abominait le peuple des enfants, cependant elle s'amouracha de la petite Peirdre par-delà sa vie besogneuse au service d'un drame étranger. Depuis quatre années, cinq mois et sept jours, elle remplaçait père et mère en n'étant elle-même qu'une apparence. Le commandant Owen était sans pardon, mais il chérissait Peirdre à sa façon, aussi l'avait-il diligemment instruite, servante inapte et scrupuleuse, à l'intendance de la maison grâce à une dotation gérée par un notaire. D'évidence, le veuf avait fui les pluies infinies, battantes comme un cœur au tombeau. Il avait repris du service dans la marine marchande au lendemain des funérailles et n'était plus jamais reparu. La fin d'un amour est une fin du monde. On oublie tout au milieu des mers, la mort et la trahison. On s'oublie soi-même aux cimes de l'océan, seul endroit avec le ciel où l'infini partout s'abîme en lui-même.

XVII

Et si la vie n'était qu'une dispersion illusoire de mésaventures et d'incidents sans suite, si en fait tout ce qui nous arrive racontait une histoire inscrite dans les étoiles et le sable des mers ? Peirdre penchée à l'extrême bord de la falaise du belvédère contemplait les scintillements galactiques du remous entre les brisants et la grève déserte. Et si tout ce qui devait arriver se déroulait sous nos yeux dans le mouvement mystérieux des vagues ? Il suffirait d'être en avance d'un seul instant sur le temps à vivre pour que tout s'éclaire comme un cristal levé dans la lumière du crépuscule. Peirdre fut prise de frissons, une fièvre lui vint après des nuits de veille. Pourquoi Miranela n'était-elle pas venue ? Le moindre écart à leur promesse la blessait comme un désaveu. Jamais il n'y eut au monde une si entière connivence. Elles s'aimaient l'une l'autre par vrai sortilège dans un enlacement sans fin. Malgré une distraction partagée, à aucun moment il n'y eut entre elles le moindre litige ou un quelconque malentendu. C'est ce que se répétait Peirdre, les poings serrés, en invoquant de tout son être la survenue immédiate de son amie tandis que la nuit s'épaississait.

Les deux phares de la baie d'Umwelt, celui du môle et l'autre au large, durent se mettre en activité, à moins que ce fût l'ombre accrue qui révélât soudain le croisement en rosace de leurs roues de lumière. Quelques minutes plus tard, Peirdre distingua les feux épars des balises. De son point de vue surplombant, le château de l'Estrande ne laissait plus de place à la rêverie : pélagique conglomérat de basalte sculpté par l'aile du temps et clos sur lui-même comme les yeux d'un mort. « Un jour, lui disait Miranela dans l'enfance, nous volerons une barque et irons le visiter, c'est sûrement un palais de fées. » À la proue de l'îlot rocheux clignotait l'étoile noyée d'une balise.

— Te souviens-tu seulement du palais des fées ?

— Ah ! Mais c'est toi enfin ! Je ne t'ai pas entendue venir. Avant tu n'étais jamais en retard.

— C'était avant…

— Nous partirons ensemble sans un cheveu de retard, à la même seconde !

— À la même seconde.

— Sais-tu ce qu'on dit de la nymphe Écho ? Après l'avoir tuée et découpée, des bergers ont jeté ses morceaux à tous les coins de la terre…

Peirdre s'est mordu la lèvre. Elle déteste avoir le dernier mot. Une brume en forme d'oiseau géant monte du large. Un cargo invisible active sa sirène. Il est temps de faire ses révérences à la crue ténébreuse de l'océan comme au ciel étoilé qui rapproche follement ses joyaux de lumière et de rentrer d'un pas tranquille. Des insectes crépitent dans la brande ; des vers luisants veulent imiter les phares et les balises parmi les mousses coiffées de huppes d'ajoncs et de bruyère.

Au moment d'atteindre le terre-plein du belvédère où quarante marches de ciment mènent au sémaphore, elle aperçoit une ombre qui, surprise, se faufile sans hâte du côté de la lande obscure. Ce n'est pas difficile de surprendre un sourd qui vous espionne. Le monde est muet pour lui, il voudrait simplement l'ouïr, acquiescer à tant d'appels, ignorant tout du bruit vorace et dévastateur. Peirdre le laisse aller, à quoi bon s'en offenser. L'incident l'amuserait plutôt, c'est un comble d'être épiée par un sourd-muet. Sa décision d'échapper aux persécutions du silence rend toute chose dérisoire.

Parvenue dans l'entresol, la vieille Sile éplorée court à elle.

— Te revoilà si tard ! Où t'étais-tu encore sauvée ?

— Ne t'inquiète pas ! Je t'interdis de t'inquiéter pour moi.

— Tu sais bien que le monstre court toujours !

Mais Peirdre ne veut rien entendre et se précipite dans l'escalier de la tour. La chambre de veille est son cabinet des songes. Une joie démesurée l'envahit quand elle s'y retrouve après ses courses éperdues sur la lande. Personne ne saurait l'empêcher d'être si dramatiquement heureuse. Vite à son piano, elle joue fenêtres ouvertes la chanson d'Alkan. N'est-ce pas elle, la folle du bord de mer ? Des inconnus abandonnent leurs enfants pour en faire des légendes. Pardonnez ma peine infinie, mais je ris à en mourir au milieu des dormeurs. Peirdre sait bien que les décisions qu'on prend n'existent pas davantage que celles qui vous déprennent. Un jour, dans l'autre monde, elle n'en ferait qu'à sa tête. Un démon à face humaine lui apporterait des trésors. Et qui l'empêcherait de ligoter le vent dans trois nœuds de corde ou de traire du lait d'un manche de hache ?

Mais on cogne à la porte assez brusquement. C'est encore Sile qui s'inquiète. La voilà qui entre avec un plateau sur lequel fume un bol.

— Tu vas prendre au moins ma soupe à la pieuvre, sinon je ne dormirai pas.

Peirdre qui n'a jamais vu dormir la servante s'en étonne.

— Promis, dit-elle. Pose le plateau et laisse-moi tranquille. Mais attends ! Est-ce que tu te souviens de tes rêves ?

La vieille femme s'exécute en haussant les sourcils. Elle croise ses mains libérées comme on range des ustensiles et finalement acquiesce.

— Je n'oublie jamais rien, les rêves comme le reste. C'est toute ma richesse la mémoire. Mais bois donc ta soupe tant qu'elle brûle…

De nouveau seule, Peirdre se déshabille, lumières

éteintes, et voudrait goûter au murmure hanté de la nuit. Par l'escalier de fer, elle monte sur la terrasse. Étoiles et balises clignotent sur un même plan. Dans ces profondeurs, un fanal glisse d'un pôle à l'autre des ténèbres. C'est un pétrolier lourd d'un sang noir, revenu d'Afrique ou d'Asie ; à son bord, les marins de quart observent les signaux d'Umwelt en se demandant à quoi ressemble la vie sur ces rives. Depuis la terrasse du sémaphore, Peirdre distingue la côte qui se profile en croissant de lune et cette pâleur du front de falaises au-dessus des brisants. Blafards, les amas d'avalanches marquent la zone d'effondrement : une ancienne bergerie est tombée à la mer, des pâtis clôturés avec quelques ovins. Malgré l'obscurité, quand les phares croisent leurs faisceaux, un angle de façade de l'ancien sanatorium apparaît par intermittence. À son tour désaffecté après les usines du port et nombre d'entreprises, le domaine des Descenderies occupe la rumeur publique à force de clabaudages et de retours d'enquête. Seuls les courants d'air habitent les châteaux hantés. Peirdre songe avec trouble au jardinier sourd chargé d'entretenir un parc condamné. Il y a dans son regard un tel égarement, comme une confusion de pensées contraires. Le souffle du large tout à coup s'abat sur elle et l'enveloppe de frissons. Peirdre se découvre si entièrement nue dans la fraîcheur saline, au sommet de la tour cernée par les espaces ténébreux, qu'elle ne peut se défaire d'un spasme de frayeur. Le clocher d'Umwelt sonne minuit à une distance improbable. Peirdre balaye d'un regard le soulèvement magmatique de l'océan et cherche à l'opposite, par-delà les toits d'ardoises de la vieille ville, dans l'ouverture des collines donnant sur la rade, le fanal d'une fenêtre. La maison de pêcheur où demeure Miranela est aisément repérable en contraste avec la nocturne géométrie des hangars et des docks. Jusqu'à l'aube une lampe brillera à l'étage. Miranela même endormie lui raconte ses lectures, cette nuit c'est *Aurélia ou le rêve et la vie*. Sais-tu, chuchote-t-elle à son oreille, la joue contre sa lampe, qu'on ne voit jamais le soleil dans ses rêves. Il m'est arrivé un grand malheur, mais ce n'est pas grave, rien n'est jamais si grave.

Peirdre s'abandonne aux focs claquant du vent. On voudrait la claquemurer dans une vie d'otage. Mais l'instant sauve des longues attentes. Rien n'existe qu'un instant de magie.

— Demain si tu veux, dit la voix amie.

— Nous nous tiendrons par la main…

— Tout à l'heure, au petit jour.

XVIII

Malgorne a couru vers la ville. Il ne sait pas ce qui le guide. Une part de lui aimerait dormir, s'enfoncer au plus noir de la nuit. Les minutes ont un goût de sang et de rouille. Il marche le long du rivage et remonte vers le port, traverse les faux ponts jusqu'au cœur d'Umwelt. Les rues sont vides à cette heure. Il flotte au milieu d'images éteintes qui par instants brasillent. La chaleur du jour semble sourdre des murs et de l'asphalte des chaussées. On se perd dans les villes, la nuit réduit à rien ses abords. Les rues prises de tournis s'emmêlent ; tout est contours et disparition. Au détour d'un quartier désert, la lumière soudain est comme une main tranchée. Un chat blanc ou gris l'observe, la tête entre les barreaux d'un garde-fou. Malgorne où qu'il soit remarque les oreilles des bêtes et des gens. Les oreilles partout l'épient. Penchées en arrière comme celles des loups ou déchirées, informes, contractées, en rempart ou en offrande aux cataclysmes invisibles, quand tout s'émiette et se brise. Les chats sans illusions tendent deux antennes fourrées vers l'ombre. Enclins au vacarme, les chiens se jettent en avant pour mordre.

Il a vu un jour un mendiant aveugle qui souriait affreusement en tendant un cornet acoustique. Le silence absolu, qui saurait en imaginer l'impact ? Vivants et morts deviennent un peu semblables. Le bec des oiseaux imite le bâillement des poissons. Les bombes explosent comme des bulles de savon. Il paraît que pour se rassurer, les gens ajoutent du bruit à tout ce qui bouge. Chantent-elles ou claquent-elles des talons, les rares silhouettes qui se faufilent peureusement vers leur effacement ?

Impasse de l'Océan, tout au bout d'une double rangée d'entrepôts de bois noirci et de tôles, de garages à bateaux et d'anciennes manufactures, on distingue les profils des palans et le galbe de cétacé d'un transbordeur entre la rade et les bassins d'escale. Plus loin, sur le môle, le grand phare du port palpite au creux du gouffre qu'il révèle. Accolée aux façades sinistres des hangars, face à l'unique réverbère de l'endroit, une maison de pêcheur isolée attire l'attention à cause d'un reflet à la fenêtre de l'étage.

Malgorne rebrousse chemin, saisi de mélancolie. Une goutte d'eau effleure son nez. Le vent qui se lève porte une odeur de pluie. Pas un visage ne se montre, pas une silhouette. Est-il si tard ? Les voies étroites et tortueuses du centre-ville mènent à une vaste place qu'une église occupe en bordure parmi des chantiers indistincts mêlant décombres, échafaudages et bétonnières, sous la découpe d'insecte des grues. Une violente averse d'orage surprend Malgorne qui ne sait trop où se réfugier. Des signalisations fluorescentes accrochées aux palissades l'orientent vers l'église. Déjà trempé, il court jusqu'au porche. À l'abri sous les voussures, que faire sinon s'aveugler sur l'orage ? Flambantes arborescences et fracturations se succèdent par-dessus les toits. Il se souvient qu'enfant, Sigrid l'obligeait à croiser les mains sur la tête pour éloigner la foudre. Le tonnerre ne le concerne pas, ni les cris des folles enfermées ou des assassins des rues noires. Tout se résume pour lui à des images ruisselantes, des météores, des clins d'œil stellaires. Le dieu du bruit et des oreilles se moque bien des sourds. Pourtant il voudrait comprendre, s'agit-il de tournoiements kaléidoscopiques d'un autre genre, de jardins clos au creux des tympans, d'enchevêtrements des corps et des matériaux dans une sorte de vibration plus forte que la déchirante odeur des cyprès après la taille. Et pourquoi parler de bruits ? Le tonnerre, selon les livres, ne serait qu'une dilatation brutale de l'atmosphère électrisée.

Une cascade de flashes parcourus de zébrures à ce moment illumine la place. Il ne perçoit rien de plus quand une fulguration frappe le tympan du portail. Malgorne a senti la herse de feu le traverser, quelque chose vibre après l'éclair, ses genoux flanchent, une pierre chue heurte son épaule et roule sur ses flancs. Il la tient entre ses mains et se relève, curieusement indemne. Un jardinier connaît les caprices de la foudre. Elle peut dissoudre une clôture de barbelés en ne laissant au sol que des piquants bien alignés, réduire un sapin à une belle couronne de flèches plantées en terre, dévêtir une passante en robe d'été sans qu'elle s'en aperçoive. Entre ses paumes, Malgorne découvre une tête crayeuse d'ange ou d'apôtre, cherchant des yeux le corps décapité. Est-ce le sol qui sous lui tremble, ou tous les os de son squelette ? Trombes et pluie d'étincelles, la cavalerie de l'orage s'éloigne par-delà les collines qui surplombent la cité. Sous la porte latérale de l'église filtre un rai de lumière. Malgorne se remémore une procession de Noël. Les fêtes n'étaient pour lui que des livres d'images. Il pousse le battant, l'épaule endolorie, avec une impression de chute, de culbute infinie, comme cette tête de pierre dégringolée du haut des siècles. Une vieille dame aux yeux clairs accourt l'air ébahi. Les palpitations de ses lèvres lui rappellent les soupirs des raies aux bouches humaines égorgées par les femmes de pêcheurs, sur les étals du port. Va-t-elle tomber à la renverse, foudroyée de terreur ? Mais la vieille dame sourit et reçoit entre ses mains tendues la tête du saint décapité.

Trempé, le crâne fendu peut-être, Malgorne s'est affalé sur une chaise de paille. Entre le lustre de fer du narthex et la caverne lactescente qu'un buisson de cierges creuse sous la nef, on ne distingue que les manteaux d'ombre des voûtes sous lesquelles se profile, massif, un calvaire de bois à l'allure de potence. Malgorne palpe sa gorge et sa poitrine. Tétanisé par contrecoup, impuissant à localiser ses blessures, ce qu'il ressent n'a pas de nom. Un feu de braises le consume. Il aimerait boire des larmes glacées, seule l'eau de mer pourrait éteindre l'éclair planté en lui. Levant le front, il entrevoit sous une rosace l'immense buffet d'orgue. L'éclair a-t-il une ombre ? Quelque chose d'inconnaissable a fracassé l'enclos de son crâne, quelque chose de perdu au plus obscur de lui-même. Une vibration le taraude, mille frelons de bronze. Malgorne vacille sur sa chaise, la conscience échappe, troquée contre une injonction sans visage.

Au clavier du grand orgue de l'église Saint-Jude, le nouvel organiste interprète sans fin le *Petit Labyrinthe harmonique*, que son prédécesseur lui avait enseigné naguère, mais qu'à son encontre il voulait attribuer à Johann David Heinichen. Oubliant l'appoint orchestral, l'organiste jouait et rejouait ainsi la partition à en perdre la raison, s'évertuant à percer l'équivoque de l'accord de septième diminuée, tandis que sa vieille bigote de mère, effrayée par l'orage, errait en l'attendant dans le déambulatoire, ne sachant où déposer cette grosse pierre offerte par un fidèle mutique sans doute en retard pour la prière des Heures.

XIX

Cap sur la mer du Nord, l'*Oceanic Captain One* remonte les eaux turbides de la Manche, à peine ralenti par les trains d'onde abrupts d'une violente tempête. En cette zone d'intense trafic, comparable à l'approche d'un aéroport international pour un pilote d'avion, le commandant Owen surveille la manœuvre avec le lieutenant Youri, depuis le milieu de la nuit. Avant la fin du prochain jour, le transporteur de brut accosterait en rade de Göteborg et, quitte à recevoir un blâme de la société mère, Owen prendrait un avion illico pour aller dire adieu à son père maintenu en vie dans une unité de soins intensifs. Ses lieutenants assisteraient à sa place au pompage puis au dégazage des cuves. Cependant un détail d'importance le tourmentait depuis qu'il s'était aperçu, après avoir déclaré sa présence aux autorités portuaires de Göteborg et sans en informer quiconque à bord, que leur passager clandestin était une passagère. Craignant pour sa sécurité, il n'avait pas appliqué les mesures habituelles. La jeune femme était sous sa protection immédiate, confinée dans une cabine individuelle encore vacante contiguë à son appartement de service. Personne à bord ne comprenait pareille faveur envers un migrant en situation délictueuse. Le premier jour, au terme d'un vain interrogatoire, il avait commis l'erreur de confier la créature maculée de calfat des pieds à la tête au second lieutenant Youri, certes bon marin, mais d'un caractère brutal et rigoriste, lequel s'en était débarrassé par une mise aux arrêts en cellule où il l'avait tout bonnement oubliée. Owen était resté sur le coup de cette confrontation. Tout le temps qu'avait duré ce premier entretien, un étrange regard lui renvoyait à la face ses questions, au point qu'il crut l'individu inapte à l'écoute ou à la compréhension. Il est peu vraisemblable qu'un émigrant handicapé ou ne parlant que son idiome se hasarde seul à l'exil. Fatigué, sentant l'exaspération l'envahir, Owen avait fini par s'en décharger sur l'irascible lieutenant. Mais la nuit venue, il ne put s'endormir, obsédé par la mystérieuse fixité de ce regard sous le masque de crasse et de goudron. Il ne faisait pas de doute que le clandestin était parvenu à embarquer en rade de Port Harcourt pendant le remplissage des cuves. Owen ne se montrait pas insensible au sort des autochtones sur les terres polluées du delta du Niger ; en fait, il lui était venu une seule et unique fois à l'esprit d'engager sa responsabilité d'officier de la marine marchande. Ce que l'on observait lors du transit sur les sites portuaires ou depuis les plateformes n'interférait pas vraiment avec la réalité humaine : d'énormes complexes automatisés d'extraction ou de stockage à l'image de l'industrie pétrolifère mondiale. Il se souvenait toutefois de la visite obligée d'un site à l'intérieur des terres et des commentaires de son guide et chauffeur, un Nigérian de Lagos qui parlait parfaitement anglais. Il avait pu par la suite le vérifier et s'en convaincre : le pétrole exploité par les multinationales suscitait misère et pollution ; les bravades des rebelles et des guérilleros, ces villageois en révolte face aux catastrophiques infractions des compagnies, de l'État prétendument souverain et des sous-traitants locaux, étaient le prétexte d'exactions épouvantables, bombardements des villages suspects, arrestations arbitraires, mitraillages par les corvettes de guerre, harcèlement et racket. La terre et les eaux côtières étaient par ailleurs si imbibées d'hydrocarbures que les experts des Nations unies ne prévoyaient pas moins d'un demi-siècle pour nettoyer la zone. Les habitants, eux, espéraient des routes intérieures, des hôpitaux, une nature respectée. Avec la complicité des larrons mandatés de l'État fédéral, principal actionnaire, les grandes compagnies poursuivaient une politique d'exploitation à outrance aux dépens de l'environnement, le plus pollué au monde du fait des innombrables fuites des pipelines dégradés, et châtiaient sans égard ni pitié les réfractaires avec l'aide de l'armée et des milices. Un taux d'aluminium deux cents fois supérieur aux normes sanitaires dans les puits des villageois. Beaucoup vont chercher au pied des plateformes une eau guère potable, qui sert à refroidir les moteurs, vendue un dollar le bidon. C'est un paysage lunaire dans la jungle : des boues puantes, des feux follets inextinguibles, des champs de cendre, des torchères géantes d'où retombent des pluies noires d'escarbilles, les plantations de raphia et de palmiers détruits en amont par l'eau de mer à cause des canaux creusés par les compagnies, rendant les sols marécageux et stériles. Il en résulte la destruction de l'écosystème, le chômage dû à la pénurie des ressources, la misère et la maladie pour toute une population subsistant avec trois ou quatre dollars par tête et par jour, un peu plus pour les bouilleurs de pétrole qui, au risque de leur vie dans un secteur hautement explosif, fabriquent et détournent l'essence à leur profit, hectolitre par hectolitre, dans des raffineries clandestines… De retour à Port Harcourt, Owen s'était juré de donner sa démission après la livraison inaugurale à Göteborg. Mais la traversée des océans et des mers avait peu à peu refroidi sa détermination. Qu'y pouvait-il ? Lui n'était qu'un convoyeur, tout comme le Nigérian accroché à son volant sur les autoroutes financées par Total SE ou la Royal Dutch Shell.

Le lendemain de la première confrontation, résolu à briser son mutisme, il avait ordonné qu'on lui ramenât le clandestin dans son bureau contigu à la chambre des cartes. De nouveau menotté, la face toujours encroûtée de calfat, ce dernier à peine entré était allé se plaquer contre la paroi lambrissée, près du hublot. Consterné, Owen s'en était pris vivement au marin d'escorte.

— Mais c'est une manie, ôtez-lui immédiatement ces menottes ! Que lui avez-vous fait, on dirait un animal aux abois ?

— Le lieutenant Youri l'a mis en cellule hier.

— Sans qu'il mange ni se lave ?

— J'en sais trop rien, mon commandant.

Demeuré seul avec l'individu apeuré, Owen s'était senti de nouveau désarmé par son regard fixe et garda quelques instants le silence.

— À la douche ! s'était-il enfin exclamé en lui signifiant de le suivre. Il faut déjà retrouver une apparence humaine, manger, on parlera après...

C'est ainsi qu'il avait découvert à son insu, en retournant déposer une serviette dans la salle d'eau, la vraie nature du passager clandestin. Debout au milieu d'une quantité invraisemblable de hardes tombées à ses pieds, une noire Aphrodite née de l'écume écartait les bras de surprise. Cette effraction de beauté le laissa pantois ; il s'excusa après deux secondes d'éternité, recouvrant assez d'équilibre pour tourner les talons et aller chercher des vêtements de corps, une combinaison de marin et un vieux caban. Il n'oublia pas cette fois de frapper à la porte. Lorsqu'elle fut dans son bureau, il ajouta à la panoplie un bonnet de quart afin que la jeune femme pût dissimuler le buisson de sa chevelure. Toutefois, la regardant dévorer les sandwiches commandés au maître coq, il admit que l'on ne pouvait plus douter de sa féminité et prit la décision de la loger dans l'une des cabines destinées aux visiteurs occasionnels ou aux techniciens, en cas de contrôle en mer. La fille débarbouillée et rassasiée après son séjour dans les tuyauteries du tanker montrait un visage attentif et songeur. Son air d'intelligence ne pouvant tromper, Owen lui expliqua calmement en anglais quel devrait être son comportement à bord et ce qui l'attendait à l'arrivée : sa réception par les agents des douanes, le camp de rétention et la décision du tribunal administratif.

— Avec un peu de compréhension, si tout va bien, on vous donnera un permis de séjour reconductible…

Il ajouta qu'elle resterait libre pendant le voyage, qu'il ne l'enfermerait pas, à condition de garder le secret et de lui promettre de respecter le règlement. Certain d'avoir été entendu, il étudiait ses réactions avec perplexité. Un qui-vive d'antilope, de l'effroi et une attention extrême passaient sur ces traits délicats où étincelait la nuit des pupilles. Il lui semblait qu'à la moindre distraction de sa part, elle eût déguerpi en trois bonds. L'espèce de compassion qui l'avait saisi en la surprenant nue et vulnérable dans la salle d'eau le laissait en plein désarroi, songeant à l'écart monstrueux qui se creusait entre la beauté du monde et l'usage qu'en font les hommes. Mais il n'eut pas à regretter sa mansuétude ce jour-là, davantage inquiet de la curiosité inquisitrice de l'équipage. Le vaisseau d'acier poursuivit sans encombre son labour pélagique à la vitesse constante de trente nœuds. Préoccupé par cette présence féminine à bord et le devoir qu'il s'imposait de n'en rien trahir, le commandant Owen fut tout ce temps travaillé par un désordre de rêveries et d'évocations mêlant les rois forgerons des cités millénaires d'Ilé-Ifé aux déesses et aux dieux de la mythologie yoruba avec – mémoire resurgie autour des rives du fleuve Niger témoignant d'une haute civilisation que seul le travail de la pierre et des métaux aura pu préserver de la dévoration et de l'enlisement élémentaires – ces têtes de terre cuite ou de bronze d'une pureté classique incomparable.

Entre Start Point et le cap de la Hague, l'*Oceanic* essuya une nouvelle tempête baptisée Wanda par les instituts de météorologie, selon l'ordre alphabétique d'une liste préétablie et l'alternance légitime des appellations féminines et masculines…

Le détroit du pas de Calais franchi dans la tourmente nocturne qui soulève toutes les basses fosses de l'enfer, Owen toujours aux commandes constate avec soulagement l'accalmie annoncée par l'antenne météo en mer du Nord. Dans moins de deux jours, l'*Oceanic Captain One* entrera en rade de Göteborg, et, comme prévu, un taxi le conduira à l'aéroport. Thoé, la clandestine dont il a cru entendre le nom en gratification de ses bons soins, aura été livrée entre-temps aux autorités. Cette perspective le consterne et l'attriste ; il ne peut s'empêcher de penser à sa fille délaissée, à la petite Peirdre qui doit bien avoir l'âge de sa passagère aujourd'hui. D'ici une douzaine d'heures, le tanker longera le fjord escarpé d'Umwelt et, comme à chaque passage au large de toute mémoire, il actionnera lui-même sirène et corne de brume par un sursaut de nostalgie superstitieuse, longuement, à la surprise des marins du bord qui hocheront la tête en repérant les amers.

XX

La tête renversée sur le banc de pierre, Malgorne se souvient être rentré en aveugle, titubant par les chemins côtiers jusqu'au domaine sous un torrent d'écume et de ténèbres. Après s'être heurté aux grilles et aux murs, parvenu en bas de l'escalier menant au labyrinthe, jamais n'aura-t-il délié d'un pas si assuré le chemin vers le kiosque. Parmi les poteries et les plantes rares, au pied de l'imposante statue musicienne en bois de cèdre, allégorie du silence ou figure de proue du temps, il regarde tourner la Voie lactée. Face à l'éclairement qui a suivi l'orage, le crâne et la poitrine déchirés, il a perdu conscience. Quelque chose en lui s'est rompu. Tout vibre et tremble étrangement. Les vitrages de la serre aux reflets croisés accélèrent son vertige. Comment expliquer ce cœur géant battant l'enclume du monde ? Est-ce la tempête encore ? Hors de lui tout chancelle et trépide. La grande marée du solstice gonfle le torse d'un Léviathan prêt à submerger terre et cieux. Malgorne halète d'effroi. Des chaînes de rosée le rivent au banc de pierre. Tout est vrai mais il rêve. Le silence a changé de nom. Dans un instant, ses liens s'évaporeront et la réalité s'imposera.

Mais que s'est-il vraiment passé ? De retour au domaine des Descenderies, transgressant les règles, l'homme-machine a surgi dans le parc muni d'une barre de fer, la bouche déformée. Il venait d'estropier deux ou trois statues d'Océanides dans l'allée périphérique. Sans même le voir, il s'en retournait précipitamment vers la cour de façade. Pour des motifs inconnus, la veille, une voiture de police s'était arrêtée devant les plots de béton, en bas de la route condamnée. Montés à pied jusqu'au domaine, deux inspecteurs avaient demandé à s'entretenir avec Martellhus, lequel perdit patience, les menaçant de ses poings énormes. Ils étaient repartis du même pas débonnaire après lui avoir promis un retour en force. L'homme-machine s'était vite remis à son office, plus nerveusement, avec une accélération suspecte, comme si les ressorts du mécanisme remontés à bloc allaient lâcher d'un coup.

Malgorne n'est guère en état de s'effrayer. Les spasmes d'un forcené ne froissent pas d'un pli le silence. Il ne se soucie pas davantage du gardien que d'un molosse dressé à mordre ; la falaise elle-même pourrait s'écrouler derrière ses talons qu'il n'y prendrait pas garde. Il a gagné la serre porté par la déchirure du ciel. La foudre a chu si près de son visage. D'un coup, l'univers est entré en lui. L'univers, comme un éclair qui dure. La mort spectaculaire est le secret du temps. Comment échapper à ce qui déchire l'âme et le corps soudain ? La tête renversée sur le banc de pierre, Malgorne a cru voir l'image du dédale inscrite précisément dans la voussure du ciel. Personne ne lui a expliqué la musique, mais il comprend : c'est un labyrinthe d'air et de feu où la petite sœur de l'âme s'égare à jamais. C'est le supplice enivrant d'une lame qui cherche le cœur dans l'éclaircie nocturne. La musique est si belle partout autour de lui. Comme mille chemins perdus qui donnent envie de pleurer.

Malgorne écoute sa respiration, il entend battre les tambours du sang. Si près de lui, une araignée répare sa toile déchirée par l'intrus. Elle sécrète la soie plus solide que l'acier et tisse, tisse un merveilleux piège à ivresse, ailes battantes du soir, rosée du matin. Un scarabée grince près du banc, ses pattes tricotent dans le gravillon, il agite ses élytres et retombe lourdement sans rien perdre de son énergie. Tout comme les miroitements du kaléidoscope accordés à l'infini, les gouttes d'eau tombées des résineux sonnent avec un doigté d'organiste contre les vitrages. Malgorne voudrait se relever. Il lui semble qu'une poix sanglante s'écoule de sa nuque. Tant d'images anciennes s'épanchent au moindre écho, mais les souvenirs ne sont que des oublis chiffrés. Leeloo s'incline, belle arche blonde au-dessus de lui ; ses cheveux ont caressé ses yeux et son visage. Leeloo s'est penchée, un sourire de miel enduit ses lèvres.

Il n'a jamais pu l'entendre chanter, son nom pour lui n'est qu'un dessin. Il ne sait en prononcer qu'un seul de sa voix muette : *Peirdre, Peirdre Labellul-Owen.*

Autour de lui palpite la futaie, petit bois compliqué où l'on se fourvoie comme dans la plus vaste forêt. Pour s'y retrouver, il faut être sourd comme les soutiers de l'enfer. Malgorne a quitté la serre et cherche l'issue dans d'épaisses ténèbres. Le tonnerre retentit si tardivement sous l'entrelacement des résineux aux faîtes torsadés en voûtes. Pourtant il connaît chaque arbre jeune ou vieux, chacun des détours menant aux parties contraires, tous les méandres conçus pour tromper les boussoles, les chambres de cyprès et d'ifs à ce point semblables qu'à peine la taille des épines les distingue.

Fourvoyé, soudain démuni, la mémoire lui revient des feuilles toutes froissées et maculées d'une partition musicale que son vieux maître, l'arboriste Willumsen, lui avait présentées comme les plans secrets du labyrinthe établis par le docteur Riwald, avec ses treize premières mesures évoquant les treize allées d'égarement, avant les multiples lacets en svastika de la section polyphonique, puis en suivant la seconde mineure, les accords indiquant le chemin faussement salvateur du *centrum.* La deuxième secondaire du mouvement décisif, ou relation *mi-fa* jouée sur trois claviers, évoque les va-et-vient du promeneur sans repère qui acquiesce à la symétrie trompeuse. Après avoir inculqué les bases du solfège à un sourd, maître Willumsen s'était mis en tête de lui enseigner, pied à pied, entre les haies du labyrinthe représentées sur la gamme par les accords sans altération de la basse continue, comment lire la partition du *Petit Labyrinthe harmonique* à l'envers, de sorte à retrouver sans mal, par instinct logique, l'*exitus* identique à l'*introitus*, l'entrée et la sortie de l'architecture végétale du docteur Riwald ne faisant en réalité qu'une.

Malgorne trébuche dans les impasses, intensément distrait par ce qui l'envahit, malaise, vague jouissance, douleur intime et pourtant extérieure, sensation lointaine soudain massive qui passe en lui de l'altier au sépulcral. Serait-ce l'autre monde qui de tous côtés lui fait signe, celui des clameurs et des appels, serait-ce la musique inconnue, une mélodie, un chant confus sous l'écrasant cosmos ?

Une sorte de magie l'a délivré du labyrinthe. C'est bientôt l'aube, une étoile noyée teinte les brumes montantes d'un épanchement violet. L'espace entier siffle et criaille maintenant autour de lui. Les ténèbres laissent place aux oriflammes du soleil levant. Il remarque à ses pieds les membres et la tête d'une statue d'albâtre. Malgorne grimpe l'escalier à l'angle du bâtiment et traverse la cour palière et ses jardins. Les goélands s'élèvent par nuées du littoral. Des bruissements de roche meuble qui s'effrite, de cailloux cascadant à flanc de falaise, se mêlent aux pépiements des passereaux, et plus bas, plus loin, l'ample, profonde respiration dont il était en tel manque, désormais forcie par la marée, battante en basse continue : assaut de vagues déferlantes au long des grèves, fracassantes contre les brisants des îlots et, plus loin encore, le chant des risées filant l'écume des crêtes et les ululements sans fin de la houle.

Seulement alors, il remarque le grand portail entrouvert et, sans plus hésiter, part à courir vers l'océan d'où montent ces sortilèges. Le jour se lève. Reflets et remous affluent en un point d'horizon. Les deux phares de la passe d'Umwelt croisent une dernière fois leurs feux dans l'éblouissement du matin. Un navire colossal au large actionne sa sirène.

XXI

Peirdre n'a pas dormi. La veille au soir, elle est montée dévêtue sur la terrasse du sémaphore pour s'offrir aux lames d'or de l'orage. Est-ce trahir un pacte que devancer l'appel ? L'averse était comme une crue en mer. Un lanceur de couteaux depuis les nues s'amusait d'elle. La danse des éclairs est presque instantanée. Peirdre a senti monter, depuis ses pieds nus jusqu'à sa chevelure, l'acharnement du plus étrange désir. *Face au ciel, qui recule ?* La nuit entière englobait l'océan comme l'arène un taureau noir impétueux hérissé de banderilles. Peirdre ne pouvait pas dormir. Le rendez-vous du soleil s'appelle l'aube, chose d'ombre encore. Trempée de pluie et de rosée, elle était redescendue par l'escalier de fer dans la chambre de veille et prit le temps de s'éponger. Devant son piano enfin, les mains sur les genoux, elle s'était récité, lèvres closes, un poème de García Lorca :

> *— Que vends-tu, toi fille trouble,*
> *poitrine dénudée ?*
> *— Ce que je vends, c'est l'eau*
> *de la mer.*

— Que portes-tu, garçon noir,
à quoi ton sang se mêle ?
— Ce que je porte, c'est l'eau
de la mer.

Puis elle avait joué du bout des doigts le prélude *opus 31* de Charles Valentin Alkan en se demandant d'où avait bien pu naître sa profonde amertume.

C'est maintenant un nouveau jour. L'aurore après la tempête ruisselle, grand bûcher de paille à l'horizon. Peirdre s'habille hâtivement. N'est-ce pas l'heure déjà ? La voix claire de son amie va bientôt retentir depuis ses fenêtres. Ses cheveux blonds défaits flamberont au vent. Son beau visage rieur affichera l'audace, presque la crânerie. Miranela a-t-elle jamais eu peur ? Petite fille, jamais un adulte, père, institutrice ou voyou de la rue, n'eut raison de sa franchise. En toute circonstance, sa tranquille assurance stupéfie qui voudrait s'en jouer. Peirdre se souvient du jour où elle l'avait prise dans ses bras, indifférente aux railleries, au milieu de jeunes gens de leur âge ; et plus encore, il n'y a pas si longtemps, de sa folle irritation face à une espèce de mastodonte qui les guettait impasse de l'Océan. Peu rassurée, elle avait entraîné son amie vers le môle en lui soufflant à l'oreille qu'il était bien inutile de s'emporter contre un robot, que la plupart des hommes n'étaient que des « machines désirantes ». Miranela avait ri de l'allusion et s'était mise à clamer : « Clapets, sas, écluses, bols ou vases communicants ! » C'est peu après que leur résolution fut prise, sans même en débattre, en muette entente. Les amies de cœur n'ont pas besoin de mots. Entre elles existe un secret bien gardé, plutôt une collusion forte de non-dits.

De nouveau, subitement, brame une corne de brume et plus longuement mugit la sirène.

Peirdre, fiévreuse après sa nuit blanche, s'élance à la fenêtre. Il lui semble distinguer le grand navire au loin. À chacun de ses passages au large du fjord d'Umwelt, comment s'empêcher de penser à la légende : « À bord un homme pâle, le capitaine, veille sans repos. » Une fille peut-elle sauver son père du mauvais esprit de l'océan ? Mais le navire s'éloigne après un dernier appel. « Nulle part une tombe ! s'écrie le capitaine. Jamais la mort ! À vous, vagues des mers du monde, je resterai fidèle, je naviguerai même pour l'éternité… » Une fille ne peut aimer son père que portée par le vent.

Cher vent du sud souffle plus fort !

Peirdre n'attendra plus l'infidèle. Il est trop tard. Mais son amie, par chance, ne l'a pas oubliée, la voilà à sa porte, vêtue de sa robe rouge à collerette blanche.

— C'est l'heure, dit Miranela.

— Le temps est à l'heure mais l'horloge n'a pas

sonné, répond-elle drôlement.

— J'ai laissé mon vélo sur la route...

— Il faudra nous tenir très fort la main, dit Peirdre. Tu te souviens, quand nous étions petites ? Quand nous allions courir sur la lande...

Enfants, à peine assez fortes pour résister aux souffles du large, elles se donnaient déjà rendez-vous sur la falaise. En ce temps-là, le commandant Owen revenait parfois au port et Peirdre montrait du doigt chaque navire qui franchissait la passe d'Umwelt. Elle s'écriait : « Regarde ! C'est père, c'est mon père, c'est le capitaine Owen ! » Miranela, d'un an plus jeune, s'en amusait en coin. Elle fredonnait « Ohé ! Ohé ! Matelot... » Déjà, main dans la main, toutes deux approchaient si près du bord qu'une ivresse de liberté s'emparait d'elles. Un jour, sous le pied de l'une ou de l'autre, un rocher décrocha, roulant à grands fracas contre le flanc de falaise. La main gauche de l'une serrée dans la main droite de l'autre, c'est d'un pas de danse qu'elles avaient paré la chute.

C'était il y a mille ans. Peirdre hausse les épaules. Survit-on à l'enfance ? La première, elle a descendu la rampe du belvédère qui surplombe la lande parcourue de sentiers en cordon menant des collines d'Umwelt jusqu'au littoral sinistré des Descenderies. Du côté du port, la grande marée a englouti la grève, un lac salé recouvre en partie l'étroite vallée qu'une digue de rochers ordinairement protège. De l'île de l'Estrande n'émergent que le château aux murailles brunies de varech et la tour de l'ancien phare. Autour des derniers brisants crevant les flots, des volées d'ailes grises et blanches s'arrachent du bouillon d'écume. Avec la manne dégorgée des abysses, goélands, sternes et mouettes rieuses n'attendent pas le retour des chalutiers pour festoyer. Leurs cris ont des réfractions étrangement amorties du fond du souvenir. Quelle part faire aux rêves quand tout s'engouffre au creux de la falaise ? Peirdre a tout lu de la bibliothèque de l'escalier, les cent et mille livres du capitaine Owen, et la spirale de mots tragiques et beaux tournoie sans fin en elle comme un cyclone en mer. Pourquoi douterait-elle des ouragans du silence ? Elle se disait, encore enfant, que la mémoire est le vrai pays des choses disparues, le chat aux yeux vairons de la maison, la dame blanche qui venait rôder le soir autour de son lit, un renard polaire fourvoyé sur la lande enneigée…

Peut-être que même les plus chers désirs restent immaculés dans un temps immobile.

— Miranela ? s'inquiète-t-elle brusquement, le souffle agité. Te rappelles-tu du renard des neiges ?

Et si les rêves étaient aussi de la mémoire, si la mémoire inventait tout et qu'à la fin rien n'existait. Mais c'est impossible, tout est forcément vrai de ce qu'on a aimé.

— Je t'aimerai toujours, tu m'entends ? s'écrie-t-elle, prise de colère, un sanglot dans la voix.

L'océan chante en bas. Qui donc m'appelle tandis que le monde s'éclaire ? Peirdre se penche. Elle s'incline comme l'arbrisseau qui s'appuie sur ses frêles racines ou l'oiselet trop confiant en ses ailes. Mais elle n'a ni ailes ni racines. Te souviens-tu quand nos professeurs nous sermonnaient à l'institut Ravachol ? C'était un vieil immeuble en pierres de taille avec ses trois étages surmontés de combles à grandes verrières conçues à l'origine pour abriter des ateliers d'artiste. Une devanture de boutique subsistait au rez-de-chaussée, désormais bâclée de planches, à la droite d'un porche à l'ancienne entièrement ripoliné de blanc qu'une enseigne sur panneau calligraphiée en belles italiques chapeautait. Il y avait cette prof de philo, femme ardente et si mince, toujours haletante, qui pleurait en dissertant sur la misère du monde. Nous en étions toutes amoureuses. Souviens-toi, Miranela, la bouche rutilante, les cheveux tenus en chignon, encore jeune, elle arborait une poitrine de rêve prohibant toute réflexion. « N'oubliez jamais, disait-elle, que les plus hautes valeurs sont toujours trahies par ce vaste complot des maîtres et des esclaves. »

La main de Miranela devient molle, elle se dérobe, inexistante, les genoux de Peirdre fléchissent, elle tombe, elle va tomber, le monde va cesser, il va se briser en elle, et sa petite âme se perdra sur la crête insolente des vagues. Adieu, adieu à toi mon père, adieu mon petit frère. Miranela la retient par un cheveu, elle lui chuchote des mots sans suite depuis le fond des mers. Il est question d'un pacte, d'un serment d'éternité. Peirdre serre la main rêvée de son amie, pourquoi est-elle si froide ? Alors je comprends, tu es venue me chercher, enfin tu es venue. Miranela est morte impasse de l'Océan, un robot l'a tuée de ses mains tranchantes. Amour, mon âme, reviens, je ne veux pas te perdre. La mort est sans merci. La mort ne pactise avec personne. Peirdre hurle dans la nuit le nom de son amie. Elle se penche un peu plus en bordure, juste au bord, à l'endroit de l'abîme. Qu'y a-t-il juste au-delà d'aimer ?

XXII

L'aurore n'est plus la nuit, ni le jour encore, mais leur isthme miraculeux quand ténèbres et lumière luttent en terrain privé. Rien du ciel et de la terre n'effleure cette aile inversée. Qui sommes-nous, qui suis-je, s'étonnent l'univers et les mondes. Cependant l'océan comme mille armées en guerre se débat contre sa propre solitude – cyclopéenne, absolue solitude attachée par un fil au cosmos.

Au large du détroit d'Umwelt, toujours aux commandes après cette nuit de tourmente, Owen écoute avec une sorte d'impassible gratitude le bruit de fond des moteurs cathédrales à deux temps : l'*Oceanic Captain One* a labouré les flots rageurs en monstre docile bourré d'informatique. Avant peu, à bonne distance du port d'attache, le machiniste stoppera les propulseurs et le tanker continuera sur son erre jusqu'à sa prise en charge par deux remorqueurs qui le conduiront à l'amarrage en rade de Göteborg.

Le commandant Owen observe la côte avec des jumelles à compas et, devinant le dessin des falaises et des collines à travers les embruns, il fait sonner la corne de brume et met sous pression le sifflet de bord qui, au sommet du pylône haubané, émet cinq signaux longs de la plus grave fréquence sur le champ hertzien. Deux ou trois fois l'an, ainsi, de passage par un sas de mémoire, il salue une vie antérieure que rien, pas même l'enfant du deuil inflexiblement tenue à distance, n'aurait su réparer. Mais il n'a plus la même hâte. Dans la nuit tumultueuse, il y a deux heures à peine, son impatience s'est muée en stupeur en apprenant le décès du vieil homme. Son père venait de s'éteindre seul et inconsolé comme il aura vécu. Sur le coup, à voir sa tête de circonstance, il a cru le chef radio venu l'en informer pris d'un accès de mal de mer. Presque aussitôt, Owen eut honte de ses larmes déclenchées autant par un réflexe d'incoercible soulagement que par une brusque submersion du plus triste remords.

Face à l'océan, il a l'intuition qu'il ne finirait pas autrement, seul et inconsolé, par une nuit de tempête ou de calme plat. Faut-il attendre que tous les témoins et acteurs de votre désillusion disparaissent pour enfin pardonner, en vaine survivance ? La veille, encore en mer du Nord, il s'est décidé de donner sa chance à Thoé. La manœuvre à Göteborg laisserait à la jeune clandestine deux ou trois occasions d'escapade avant l'amarrage définitif. Au meilleur des cas, une fois l'inspection du bâtiment bouclée dans les règles, la police des douanes en serait quitte pour un rapport.

Le son rauque de la sirène retentit une troisième

fois contre les murs du temps. Owen vient à peine de perdre de vue la baie d'Umwelt que le lieutenant Youri se présente à lui avec une impétuosité presque belliqueuse.

— Votre protégé s'est échappé de sa cabine ! lance-t-il sans un salut.

— Échappé ? répète distraitement Owen comme s'il n'avait pas compris.

— Vous avez dû oublier de verrouiller la porte, commandant.

— Eh bien, faites-le chercher !

— On a retrouvé des vêtements civils sur bâbord au niveau de l'échelle de secours. S'il a tenté de plonger, même à mi-coque, aucune chance de survie dans les tourbillons avec notre tirant d'eau, à moins d'un miracle…

Porté par sa formidable puissance de cylindres, l'*Oceanic* poursuit son erre d'astre nautique. Le second de bord a quitté le commandant en lui faisant comprendre qu'à son niveau, tout était rentré dans l'ordre, qu'il n'aurait pas à s'inquiéter. Toujours sur le coup de l'annonce du décès paternel, Owen ne peut s'empêcher de voir un signe dans cette disparition incidente. La belle Thoé avait profité de sa confiance. Qui était-elle ? Il se dit que personne au monde ne s'en souviendrait. À part lui qui s'en est étourdiment ému. Lui qui avait si placidement délaissé sa petite fille autrefois, à cause d'une de ces distractions de la vie, à peine une inconstance.

Il se dit que les pires tragédies, les plus absurdes, naissent en chaîne d'un acharnement buté relevant d'une simple et très banale blessure d'amour-propre. Et le voilà voguant depuis mille ans pour oublier qu'il n'oubliera jamais, jamais, la félicité perdue. Les gens comme lui voyagent d'un pôle à l'autre de la planète, le cœur planté d'un sextant. Une appréhension le glace en songeant à la jeune Nigériane dans son drôle d'accoutrement. Quelle lumière dans les yeux d'Hécate ! Elle leur avait été larguée comme une espèce de lune noire chue dans les tubulures de l'*Oceanic Captain One*. Il n'aurait pas fallu insister pour que les hommes d'équipage expédient le paquet d'oripeaux par-dessus bord. Si les matelots avaient découvert quelle déesse ces chiffons dissimulaient, son sort n'eût pas été forcément meilleur. Mais l'apparition avait fondu dans l'air marin comme la neige d'une comète après deux ou trois nuits indéchiffrables. Il passe toujours quelque astre errant aux carrefours de la vie et de la mort.

Owen, resté seul, voulut éloigner ces crédulités par un éclat de rire conjuratoire. Des milliers de passagers clandestins flottaient dans les eaux sauvages des cinq océans, tous avaient eu une mère et l'espoir de survivre. C'est ainsi, la belle Thoé passée par son bord lui avait légué un sourire, tandis que le monstre de métal chargé d'un sang noir broyait les flots, inflexiblement, droit vers la surdité du monde, traînant après lui un grand serpent d'écume. Doit-on faire si vite le deuil du papillon ? Il aurait pu se prendre au jeu, s'énamourer de l'apparition, recouvrer en elle l'image première au fin profil, la femme qui lui avait donné tout ce qu'on ne peut reprendre et qu'il aimait toujours et maudissait à chaque seconde.

XXIII

La haute mer couleur de nuit bat les flancs de la falaise. Une silhouette comme aimantée se penche juste au bord. Le buste en avant, les cheveux dénoués, elle s'incline en figure de proue. Allant sans but par les sentiers côtiers, le crâne empli de tumultes et d'éclats, Malgorne répète sans fin la seule parole qu'il sache articuler : *Peirdre Labellul-Owen*. C'est alors qu'il l'aperçoit, seule dans le contre-jour, statue d'elle-même qui se penche et vacille. À qui parle-t-elle ainsi dans la lumière du matin ? Malgorne entend les fracas et les chuchotements. Rien ne lui échappe des soupirs d'agonie qui nourrissent par milliards la rumeur océane : de l'infime étrille à l'orque éperonnée. Il entend vibrer le fil tendu de l'horizon dans la voix de chaque animalcule. Malgorne aperçoit la jeune fille au bord de la falaise, elle va tomber, ses pieds glissent sans bruit sur les mousses détrempées, déjà son regard échappe. Peirdre ne comprend pas, elle cherche la main rêvée de son amie. Elle supplie : viens à moi, ne me lâche pas. Mais sa main s'ouvre sur le vide. Une tête d'adulte ou d'enfant a surgi tout près. C'est Malgorne, c'est le jardinier sourd du domaine de la folie. « Peirdre Labellul-Owen » murmure un souffle rauque. La voix de Miranela se confond avec la clameur marine. Personne ne saurait l'empêcher de répondre à l'appel des vagues. Il suffit d'un pas de plus, d'un pas dansé et l'univers bascule. Peirdre est tombée, elle vole à l'envers du temps. L'écume tournoie avec les nuages. Quand se brisent les flots, à demi assommée, elle se laisse cahoter çà et là par le remous. Quelque chose de la nuit voudrait entrer en elle. La septième vague à la fin l'arrache au ressac et l'emporte. Tout s'accomplit aux lèvres closes du ciel et de la mer.

Mais plus un mot. L'absence est entière ; le silence s'éploie sous la houle. Une fable raconte que l'océan entraîne au loin les âmes des noyés, pareilles aux vagues qui s'enroulent éternellement là-bas, pardessus la ligne d'horizon, de l'autre côté d'un mur d'acier.

Bras tendus, quelqu'un a crié pour déchirer tous les linceuls de l'air. C'est le sourd, c'est Malgorne qui, sans hésiter, s'est élancé dans la mer encore haute afin de la rejoindre, afin de sauver Peirdre. Les eaux sous lui se fendent, un feu pénètre ses oreilles et ses bronches. Au fond, un sable noir se mêle aux laitances du calcaire. Cependant il remonte d'un coup de reins à la surface et cherche en tous sens la disparue, replongeant, brassant l'écume, bataillant contre les nasses de varechs, criant encore son nom. Malmené, dévêtu par les vagues, il a nagé longtemps au péril des courants, les muscles durcis par le froid, croisant par trois fois autour de l'île de l'Estrande une jeune orque joueuse qui l'a giflé de sa peau noire. Il a nagé à souffle perdu, croyant atteindre une folle langueur charnelle à chaque brasse et n'étreignant que l'écume. Puis, d'un tourbillon à l'autre, l'épuisement a relâché ses muscles, réfrénant peu à peu sa lutte avec l'abîme, dans l'interstice fuyant, le vide massif des eaux. Salicoques ou méduses, des bans de reflets l'ont ébloui par instants. Il flotte, l'océan lui rend l'étrange vie. Neige enfouie plus aveuglante que le jour, Peirdre nage à ses côtés. Il n'y a rien à perdre en ce monde. Une ombre mystérieuse au fond des eaux flamboie. Mais si le temps est infini, chaque instant configure l'espace infini à travers tous les dieux et toutes les créatures qui rassemblent illusoirement en nous l'image perdue de l'univers.

Malgorne et Peirdre s'enlacent à des distances considérables. Ils ne se sont jamais connus. Paupière à peine soulevée, clin d'œil sur un vol de piérides, la vie est passée pour elle. L'océan respire encore, murmure léger pour lui. Un incendie creuse le jour impitoyable.

ÉPILOGUE

Le reflux a laissé des lacs épars et des ruissellements de source derrière la digue de ciment flanquée de blocs de granit. En cuissardes, une musette sur l'épaule, des dénicheurs de crabes ou de poulpes captifs des trous d'eau explorent les brisants au-delà des plages depuis l'heure grise de l'aube. Au-dessus d'eux, mille goélands ont attendu un signal subtil, à peine une pâleur, pour emplir l'espace de plaintes et de ricanements. La lumière rase, d'un coup, révèle les contours contrastés des récifs façonnés par la mer et le vent. Tout ce qui s'érige témoigne d'une épreuve obscure face au raclement abyssal des vieux rouages stellaires. Dans sa retraite calculée, l'océan a délaissé une part de ses conquêtes – œuvres mortes des épaves, squelettes de silice arrachés au tuf des falaises, ruines confuses des nonchalants chaos du temps –, emportant avec lui l'autre part, en tout rebelle et solitaire, si peu ralliée aux choses de la terre. Désormais presque invisible, le flot reptilien tourne le dos au jusant comme à sa dernière mue. Il arrive alors, par une distraction infinitésimale d'horloge cosmique, qu'une sorte de miracle égare les esprits dans l'indifférence des grands oiseaux criards.

C'est ainsi qu'en ce même jour, sur la grève découverte, à côté de méduses crucifères échouées et d'un emmêlement épars d'algues à corolles vertes et jaunes, une forme brune, presque noire, d'une corpulence de jeune épaulard mais plus délicatement découplée, s'offre à la lumière ascendante comme à tous les regards.

Accompagné d'une figure de lutin qui gambade autour de lui, un pêcheur aux allures d'égoutier considère la chose avec circonspection. Il s'en rapproche de quelques pas, vite rejoint par l'enfant, lâche son seau d'effarement, et les poings sur ses genoux pliés, hèle deux vieux cueilleurs d'étrilles revenus d'un archipel d'écueils.

— Avancez donc voir par là ! s'exclame-t-il. C'est incroyable, on croirait…

Intrigués, d'autres hommes viennent grossir l'assistance. Bientôt, une petite foule silencieuse entoure le phénomène. Personne n'ose transgresser d'un pas le cercle qui les en sépare. Devant eux, allongée sur le côté, un bras par-dessus la tête, les hanches prises jusqu'à l'extrémité bifide du corps dans un fourreau d'algues brunes, une jeune femme gît, sans connaissance, sur le sable mouillé. La perfection de sa physionomie – depuis la longue chevelure torsadée découvrant un visage séraphique couleur de bronze jusqu'aux admirables lignes des épaules où s'attachent des seins fuselés de jeune fille, du ventre au doux modelé et du vertige de la cambrure – explique assez l'intense stupeur qui pétrifie les ramasseurs de crustacés. Une pipe éteinte au coin des lèvres, l'un des cueilleurs d'étrilles ne peut taire son sentiment.

— Cette fois, grommelle-t-il sans desserrer les dents, voilà que la tempête nous rejette une sirène…

— Une sirène noire ! ajoute son compagnon de pêche.

— C'est un drôle de signe, dit un troisième, troublé dans son esprit autant que dans sa chair. Qu'allons-nous faire ?

— Surtout ne toucher à rien, déclare le père du lutin. Il faut appeler la police…

Mais l'enfant n'y tenant plus sautille jusqu'à la créature et s'accroupit d'un air facétieux.

— Madame, madame ! s'étonne-t-il. Tu n'as pas froid toute nue ?

La sirène a ouvert un œil puis l'autre. Un franc sourire découvre les perles fines de ses dents. Elle s'appuie sur un coude et, déjà complice d'un petit garçon, elle considère sans vraie surprise son public blême et chenu. Médusés et en un sens terrifiés, les pêcheurs font un bond en arrière, tous secrètement persuadés de vivre le plus beau matin de leur vie.

Personne encore n'a prêté attention au jeune homme dépenaillé étendu en bout de grève qui, péniblement, après mainte tentative, se redresse à demi, rassemble ses tibias des deux bras et se balance d'avant en arrière en observant la scène. Trempé, des hématomes sur tout le corps, Malgorne se demande quelle langue parlent ces gens, les mouettes et les vagues, et pourquoi les nuages gardent ainsi le silence.

TABLE

Avertissement

9

La Sirène d'Isé

13

HUBERT HADDAD

Le Peintre d'éventail

Roman

C'est au fin fond de la contrée d'Atôra, au nord-est de l'île de Honshu, que Matabei se retire pour échapper à la fureur du monde. Dans cet endroit perdu entre montagnes et Pacifique, se cache la paisible pension de Dame Hison dont Matabei apprend à connaître les habitués, tous personnages singuliers et fantasques.

Attenant à l'auberge se déploie un jardin hors du temps. Insensiblement, Matabei s'attache au vieux jardinier et découvre en lui un extraordinaire peintre d'éventail. Il devient le disciple dévoué de maître Osaki.

Avec *Le Peintre d'éventail*, Hubert Haddad nous offre un roman d'initiation inoubliable, époustouflant de maîtrise et de grâce.

« Une écriture ciselée et contemplative. »

Libération

« Une délicatesse qui n'est pas sans rappeler la finesse du trait d'Hokusai. » *Elle*

GRAND PRIX SGDL DE LITTÉRATURE POUR L'ENSEMBLE DE L'ŒUVRE

PRIX LOUIS GUILLOUX

HUBERT HADDAD

Mā

Roman

« La marche à pied mène au paradis. » Ainsi s'ouvre *Mā*, roman japonais, à la croisée de deux destins et autour d'une même quête, la voie du détachement.

Shōichi porte en lui le souvenir de Saori, la seule femme qu'il ait aimée, une universitaire qui a consacré sa vie à Santōka, le dernier grand haïkiste. Leur passion aussi incandescente que brève initie le départ de Shōichi sur les pas de Santōka et de l'immense Bashō. Marcher, c'est échapper au ressassement, aux amours perdues, c'est vivre pleinement l'instant…

« Tout en lyrisme contenu, semé de haïkus, petits cailloux lumineux sur le chemin du héros, ce récit aux accents mythiques est une ode à la beauté du monde dont le flâneur inspiré découvre les jardins inviolés. »

L'Obs

HUBERT HADDAD

Casting sauvage

Roman

Missionnée pour un casting aux allures de défi, Damya arpente les rues de Paris à la recherche d'une centaine de figurants : efflanquées, défaites, ces ombres fragiles incarneront les déportés dans un film adapté de *La Douleur* de Duras.

Mais dans le dédale de la ville, Damya a surtout l'espoir fou de retrouver le garçon d'un rendez-vous manqué – par la force tragique d'un soir de novembre 2015 – et dont le souvenir l'obsède.

Casting sauvage est une magnifique traversée de Paris, un roman intense et grave dont la ville aux mille visages est la trame et le fil, habitée par la mémoire de ses drames et rendue à la vie par tous ceux qui la rêvent… Un *walking movie* qui offre aux âmes errantes comme un recours en grâce.

« Un roman envoûtant et féerique. »
Le Figaro littéraire

« Émouvant, possédé, lumineux. » *Lire*

HUBERT HADDAD

Le Bleu du temps

Roman

« Installé à Londres, dans un quartier en démolition, Gabriel Hantrovicz a renoncé à beaucoup de ses illusions de jeunesse, argent, carrière, renoncé au réel et à sa représentation… Il peint des toiles qui épuisent toutes les nuances du bleu, couleur du ciel, de l'oubli, de la folie, aussi… La solitude de ce quêteur d'absolu est bientôt troublée par l'intrusion d'une toute jeune fille, Christel Paal, Berlinoise paumée aux attitudes troublantes. Très beau portrait de "sorcière moderne", de celles dont la beauté ne peut laisser indemne quiconque l'a frôlée. En rupture d'identité, elle demande à Gabriel de la prendre pour modèle afin de la recomposer… »

Le Magazine littéraire

« Très fort, très pur, très beau. » *Réforme*

HUBERT HADDAD

La Condition magique

Roman

Un richissime industriel suédois, mégalomane et collectionneur d'automates, organise une extravagante expédition vers les sommets himalayens dans l'unique espoir de redonner vie à une épouse disparue sous les glaces vingt ans auparavant. Mais ce qui se joue – ou se déjoue – sur le toit du monde, c'est avant tout une quête d'absolu : pour leur fille Marghrète, proie trop facile d'une secte ordinaire ; Hiel, en deuil halluciné d'un frère alpiniste ; ou encore Desargues, spécialiste de Descartes et universitaire désabusé.

Foisonnant et vertigineux, *La Condition magique* est un roman philosophe où la raison triomphante nous emmène au bord du gouffre.

« Cette *Condition magique*, qui n'a rien à voir avec la potion, est un roman de vertiges et de glaces, de folie et de fantômes. [...] Ça décoiffe quelque peu ! »

Le Canard enchaîné

« Un roman foisonnant où l'imaginaire se fond dans le réel. Vertigineux. » *Transfuge*

GRAND PRIX DU ROMAN DE LA SGDL

HUBERT HADDAD

Palestine

Roman

Quelque part en Cisjordanie, entre la Ligne verte et la « ceinture de sécurité », une patrouille israélienne est assaillie par un commando palestinien. Un soldat tombe sous le feu, un autre est enlevé par le commando bientôt en pleine déroute...

Seul survivant, sans papiers, en vêtements civils et keffieh, le jeune homme est recueilli, soigné puis adopté par deux Palestiniennes. Il sera désormais Nessim, frère de Falastìn, et fils d'Asmahane, veuve aveugle d'un responsable politique abattu dans une embuscade...

Dans ce bouleversant roman, Hubert Haddad transfigure avec Falastìn – moderne Antigone – toute l'horreur du conflit en une tragédie emblématique d'une grande beauté.

« On tient avec *Palestine* un livre grave, très fort, très humain. » J.-M. G. Le Clézio

PRIX RENAUDOT POCHE 2009
PRIX DES CINQ CONTINENTS
DE LA FRANCOPHONIE

HUBERT HADDAD

Un monstre et un chaos

Roman

Lodz, 1941. Chaïm Rumkowski prétend sauver son peuple en transformant le ghetto en un vaste atelier industriel au service du Reich. Mais dans les caves, les greniers, éclosent imprimeries et radios clandestines, les enfants soustraits aux convois de la mort se dérobent derrière les doubles cloisons… Et parmi eux Alter, un gamin de douze ans, qui dans sa quête obstinée pour la vie refuse de porter l'étoile. Avec la vivacité d'un chat, il se faufile dans les moindres recoins du ghetto, jusqu'aux coulisses du théâtre de marionnettes où l'on continue à chanter en sourdine, à jouer la comédie, à conter mille histoires d'évasion.

Hubert Haddad fait resurgir tout un monde sacrifié, où la vie tragique du ghetto vibre des refrains yiddish. Comme un chant de résistance éperdu. Et c'est un prodige.

« Sublime d'humanité farouche. » *L'Express*

« Une grande œuvre tragique et poétique. » *L'Humanité*

« Hubert Haddad signe là son chef-d'œuvre. » *L'Obs*

HUBERT HADDAD

Le Nouveau Magasin d'écriture

De l'art de la nouvelle et du conte à celui du roman, du sonnet baroque à la poésie contemporaine, du haïku au genre épistolaire, sillonnant entre Rimbaud, Proust, Emily Brontë, Kafka, Borges, Daumal, Hardellet, Kraus et cent autres, cet objet littéraire non identifié débride joyeusement l'imaginaire autant qu'il explore les arcanes de la création littéraire - ou comment trouver un sujet, investir de façon ludique la poésie, le théâtre ou le mot d'esprit, s'adonner aux délices de l'analogie et de la métaphore...

Foisonnant, passionné, érudit et simple, terriblement excitant, *Le Nouveau Magasin d'écriture* est tout à la fois une encyclopédie subjective, un dictionnaire portatif, un bréviaire de style et un réservoir magique d'inspiration – en somme : un véritable manuel d'écriture et de littérature en action, pour tous les fous de littérature. Avec une richesse d'invention propice au rêve et à l'aventure, il offre une somme de dispositifs et de multiples rapprochements inédits, pour associer écriture et lecture dans une même perspective d'invention et d'émancipation.

« Ébouriffant. » *Le Monde des livres*

DU MÊME AUTEUR

ROMANS ET RÉCITS

Un rêve de glace, Albin Michel, 1974 ; Zulma, 2006.

La Cène, Albin Michel, 1975 ; Zulma, 2005 ; Le Livre de Poche, 2011.

Les Grands Pays muets, Albin Michel, 1978.

Armelle ou l'Éternel retour, Puyraimond, 1979 ; Le Castor Astral, 1989.

Les Derniers Jours d'un homme heureux, Albin Michel, 1980.

Les Effrois, Albin Michel, 1983.(Prix Georges Bernanos)

La Ville sans miroir, Albin Michel, 1984.

Perdus dans un profond sommeil, Albin Michel, 1986.

Le Visiteur aux gants de soie, Albin Michel, 1988.

Oholiba des songes, La Table Ronde, 1989 ; Zulma, 2007.

L'Âme de Buridan, Zulma, 1992 ; Mille et Une Nuits, 2000.

Le Chevalier Alouette, Éditions de l'Aube, 1992 ; Fayard, 2001.

Meurtre sur l'île des marins fidèles, Zulma, 1994. (Prix des Administrateurs maritimes)

Le Bleu du temps, Zulma, 1995 et 2018.

La Condition magique, Zulma, 1997 et 2014. (Grand Prix du roman de la SGDL)

L'Univers, Zulma, 1999 et 2009 ; Pocket, 2003.

La Vitesse de la lumière, Fayard, 2001.

Le Ventriloque amoureux, Zulma, 2003.

La Double Conversion d'Al-Mostancir, Fayard, 2003.

La culture de l'hystérie n'est pas une spécialité horticole, Fayard, 2004.

Le Camp du bandit mauresque, Fayard, 2005.

Palestine, Zulma, 2007 ; Le Livre de Poche, 2009 ; Folio, 2015. (Prix des Cinq Continents de la Francophonie 2008 ; Prix Renaudot Poche 2009)

Géométrie d'un rêve, Zulma, 2009 ; Le Livre de Poche, 2010.

Opium Poppy, Zulma, 2011 ; Folio, 2013. (Prix du Cercle Interallié 2012)

Le Peintre d'éventail, Zulma, 2013 ; Folio, 2014. (Prix Louis Guilloux 2013 ; Grand Prix SGDL de littérature 2013 pour l'ensemble de l'œuvre ; Prix Océans France Ô)

Théorie de la vilaine petite fille, Zulma, 2014 ; Folio, 2016.

Corps désirable, Zulma, 2015 ; Folio, 2018.

Mā, Zulma, 2015 et 2017.

Les Coïncidences exagérées, Mercure de France, 2016.

Premières neiges sur Pondichéry, Zulma, 2017 et 2020.

Casting sauvage, Zulma, 2018.

Un monstre et un chaos, Zulma, 2019.

NOUVELLES

La Rose de Damoclès, Albin Michel, 1982.

Le Secret de l'immortalité, Critérion, 1991 ; Mille et une nuits, 2003.(Prix Maupassant 1991)

La Falaise de sable, Éditions du Rocher, 1997. (Prix Georges Oulmont 1998)

Mirabilia, Fayard, 1999. (Prix Renaissance de la nouvelle 2000)

Quelque part dans la Voie lactée, Fayard, 2002.

La Vie ordinaire d'un amateur de tombeaux, Éditions du Rocher, 2004.

La Belle Rémoise, Dumerchez, 2001 ; Zulma, 2004.

Vent printanier, Zulma, 2010.
Nouvelles du jour et de la nuit : le jour, Zulma, 2011.
Nouvelles du jour et de la nuit : la nuit, Zulma, 2011.
La Bohémienne endormie, Invenit, 2012.
Géographie des nuages, Guérin, 2016.

ESSAIS

Michel Fardoulis-Lagrange et les évidences occultes, Présence, 1979.
Michel Haddad, 1943/1979, Le Point d'être, 1981.
Julien Gracq, la forme d'une vie, Le Castor Astral, 1986 ; Zulma, 2004.
Saintes-Beuveries, José Corti, 1991.
Leonardo Cremonini ou la nostalgie du Minotaure, Claude Bernard, 1991.
Gabriel García Márquez, Marval, 1993.
Les Danses photographiées, Armand Colin, 1994.
René Magritte, coll. Les Chefs-d'œuvre, Hazan, 1996.
Du visage et autres abîmes, Zulma, 1999.
Le Jardin des peintres, Hazan, 2000.
Les Scaphandriers de la rosée, Fayard, 2000.
Le Cimetière des poètes, Éditions du Rocher, 2002.
Le Nouveau Magasin d'écriture, Zulma, 2006.
Le Nouveau Nouveau Magasin d'écriture, Zulma, 2007.
Comme un étrange repli dans l'étoffe des choses, La Bibliothèque, 2017.

THÉÂTRE

Kronos et les marionnettes, Dumerchez, 1991.
Tout un printemps rempli de jacinthes, Dumerchez, 1993.
Le Rat et le Cygne, Dumerchez, 1995.
Visite au musée du temps, Dumerchez, 1996.

POÉSIE

Le Charnier déductif, Debresse, 1968.
Retour d'Icare ailé d'abîme, Thot, 1983.
Clair venin du temps, Dumerchez, 1990.
Crânes et Jardins, Dumerchez, 1994.
Les Larmes d'Héraclite, Encrages, 1996.
Le Testament de Narcisse, Dumerchez, 1997.
Une rumeur d'immortalité, Dumerchez, 2000.
Le Regard et l'Obstacle, Rencontres, 2001.
(en regard du peintre Eugène van Lamswerde)
Petits Sortilèges des amants, Zulma, 2001.
Ombre limite, L'Inventaire, 2001.
Oxyde de réduction, Dumerchez, 2008.
Errabunda ou les Proses de la nuit, Éoliennes, 2011.
Les Haïkus du peintre d'éventail, Zulma, 2013.
La Verseuse du matin, Dumerchez, 2013. (Prix Mallarmé 2014)
Table des neiges, Circa 1924, 2014.
L'ècre et l'étrit, Jean Michel Place, 2016.

LA COUVERTURE DE

La Sirène d'Isé

A ÉTÉ CRÉÉE PAR DAVID PEARSON

ET IMPRIMÉE SUR OLIN ROUGH

EXTRA BLANC PAR L'IMPRIMERIE

FLOCH À MAYENNE.

LA COMPOSITION,

EN GARAMOND ET MRS EAVES,

ET LA FABRICATION DE CE LIVRE

ONT ÉTÉ ASSURÉES PAR LES

ATELIERS GRAPHIQUES

DE L'ARDOISIÈRE

À BÈGLES.

IL A ÉTÉ REPRODUIT SUR LAC 2000

ET ACHEVÉ D'IMPRIMER EN FRANCE

PAR L'IMPRIMERIE FLOCH À MAYENNE

LE DIX-SEPT DÉCEMBRE DEUX MILLE VINGT

POUR LE COMPTE DES ÉDITIONS ZULMA

VEULES-LES-ROSES.

979-10-387-0002-4

N° D'ÉDITION : 0002

DÉPÔT LÉGAL : JANVIER 2021

NUMÉRO

D'IMPRIMEUR

97407

IMPRIMÉ EN FRANCE